GOBOOKS
& SITAK
GROUP©

GOBOOKS
& SITAK
GROUP©

三日月書版

三日月書版

死而復生
YY的劣跡
illustrator 生鮮P
三日月書版
輕世代
FW225

Re:
REVIVAL

Contents

陳霖
age:23
黑髮棕眸，面貌普通。
性格溫順，能夠很快適應環境。
突然來到幽靈世界的他異常順從著一切，
在服從的表面下，
卻醞釀著反叛的岩漿。
からよみ蘇る

唐恪辛
age:?
黑髮黑眸，容貌英俊，眼角微微上挑。
在地下世界排位很高，
實力強大，被其他人所畏懼。
與外在冷酷形象不同，是個矛盾的人，
可以表現出文質彬彬的假象。
在遇到陳霖之前，
只是為了活著而活著的行屍走肉。
死

Chapter 1

死亡

死亡，是無法分開的兩個字。

它是這個世界的終結，是一切生命的終點，但有的時候——它卻僅僅是個開始。

陳霖站在角落，看著前方那間四合院。

院門口站著頭髮花白的中年夫妻，他們忍著悲傷，不斷地對前來的賓客彎腰鞠禮。

院子裡搭著一個露天大棚，棚上掛著白布，來來往往的人們走進院中，對堂屋中間的一張年輕人的黑白照片鞠躬，或佇立悵望。

進出的人全穿著深色衣服，有些人的手臂上還別著一塊黑色碎布，院子裡請來的唱輓歌的人像是在唱戲，臉色帶著偽裝出來的悲傷。

這是一場儀式。

這對夫妻的小兒子死了，今天就是他的葬禮。

「看夠了沒有？」

在陳霖身後，有誰在不耐煩地催促著。

「喪事不都是這樣，哭哭啼啼，唱唱鬧鬧，有什麼好看的？」

像是為了映襯這個人的話，院子裡響起一陣吵鬧的嗩吶聲，隨即傳來一個大嗓門的女人嗚嗚咽咽的哭泣。

這是小城的習俗，哭喪。家中凡有親人去世，便會請來專門哭喪的女人，唱一段悼念亡者的段子。而出錢的人，只需要在現場擺出悲傷的表情即可。

請女人哭喪的人越多，似乎死者就越有面子。出錢的人也因此盡責表達了一番對死者的不捨與懷念，盡職責後，剩下便是坐在位子上等開飯。

看起來真的很像一齣戲。

陳霖豎起耳朵，仔細聽著院內哭喪女子的詞：

哎喲喂，我可憐的侄兒喲。

侍母孝親，學業有成，怎麼就去得這麼早喲。

哎喲喂，我可憐的侄兒啊。

你這一去，叫你爸媽怎麼辦喲。

陳霖聽了一會，突然笑出聲來。

「喪禮是看多了，可是自己的喪禮倒是第一次看，怎麼不有趣？」

身後的人影不理他，陳霖只有自言自語道：「我還活著的時候，就不見有這麼多人喜歡我。明明已經三年沒回家了，我都不知道自己竟然還算個孝順的兒子。這麼看來，死了倒是件好事。」

至少死了以後，不會再有人惦記你捅出的婁子，所有人只會說你的好，不敢說你的壞。

「時間到了，跟我走。」

身後那人伸出手，緊緊抓住陳霖。

「這裡不是你能繼續待的地方。」

陳霖被他拽著，正要離開。院子裡突然傳來一陣騷動。

「哎，陳嬸、陳嬸妳怎麼了？」

「來人啊，陳嬸暈過去了！」

喪子的中年女人似乎哭暈過去，正被人攙著從地上起身。她面色蒼白，眼角是未盡的淚痕。陳霖面色一凝，腳步忍不住動了動。

「不准過去！」

耳邊傳來一聲厲喝，手被勒得發痛。陳霖這才注意到，自己竟不受控制地想往院子跑去，不僅是腳，連心也一分一秒都等不了。他好像直到此刻才明白，這場儀式意味著什麼。

「你已經死了。」像是看穿陳霖的心事，緊抓著他的人一字一句道：「活人的事與你再不相干。」

那人眼神冷漠，對著陳霖道：「為了你和你家人好，不要再接近他們。」

死了？

他死了？

明明心臟還在撲通撲通地跳，明明看見母親哭倒還是會覺得難過，這樣也算是死了嗎？

陳霖眼中流露出迷惘，捂著自己還在跳動的心臟，問：「如果我已經死了，那你是誰，難道是來接我的黑白無常？」

「就算不是黑白無常，也是帶你去地獄的人。」

來人咧開嘴，露出一口森森白牙。

「走吧，陳霖。」

陳霖被帶離活人的世界。

從今天開始，他就是一個死人，一個活生生、會呼吸的幽靈。

院子裡那哭喪的聲音還在不斷地傳來——可憐的兒啊，你怎麼這麼早就走了呢？

活著，卻已經死去。

一切，都從陳霖被宣布死亡的那天開始。

這個世界不僅僅是人們看見的那一面，不僅僅是人們聽見的那一面，也不僅僅是筆墨丹青書寫的那一面。在許多角落、無數個暗影中，有著你看不見的真實面。

好比那些活著的幽靈。

有一些人，他們還能呼吸，血液還能流淌，心臟還在跳動，卻已經不被允許存活於這世上。但是，又不能讓他們簡單地死去。他們被強制宣布死亡，被迫與親人分離，註銷一切存在過的證據，禁止接近活人。變成了一個還活著，卻與死亡無異的幽靈。

這些幽靈們，便是這世界永不見天日的一面。

陳霖，在外工作三年的一個普通男子，三天前也加入了這群幽靈的行列。現在，他即將前往另一個世界，一個只屬於死者的世界。

「到了。」領路的人帶著他來到一扇門前。

這是一個廢棄工廠的倉庫，而他們就站在倉庫的破舊鐵門前。

「這裡才是你該去的地方。」

陳霖出神地盯著那扇鐵門，那道門之後，便是屬於亡者的世界？

鐵門緩緩打開，發出陳舊的吱呀聲，鐵鏽不斷從門上剝落，掉在地上。布滿地面的鐵鏽，像是一地乾枯的鮮血，令陳霖看得有些出神。

「進去吧。」

還沒待他回過神，便被狠狠地推進門裡，摔入一片黑暗中。身後的大門關上，最後一絲日光從門縫中照進來，陳霖轉身望去，那道光芒正好落在他臉上。

莫名覺得有些刺眼，陳霖伸手擋住光線。

大門在他身前發出一聲巨響，合攏。那一抹光，也自指縫中消失不見。

這是陳霖最後一次見到那明亮得有些刺眼的日光，從此以後，他便成為一個只能生活在夜裡的幽靈。

活著，卻已經死去。

身後是一片深黑，亡者的世界正等待著他。

那如陰影般的黑夜氣息，攀附而來。

死亡，不是結束。

而是開始。

Chapter2

地下世界

身後是一片黑暗，寂靜得可以聽見自己血液流動的聲音。

陳霖伸手捂向右胸，可以感覺到怦怦的心臟跳動。那輕微的脈動在黑暗中格外明顯。

這是心臟跳動的聲音，是血液流過血管的聲音，是為人還活著的證明，可為什麼……

「別多想了，你的確死了。」

一個聲音突然從身後傳來。

「至少在外面那些人看來，你已經死了。」

陳霖連忙轉頭看去，只見一片刺眼的燈火，不由得捂住眼。直到眼睛適應了黑暗中略顯刺目的火光，才看清來人。

那是一個身著黑衣的中年男子，面色蒼白，走路飄忽，若不是他腳下還有被燈火照出的影子，陳霖真要以為這是一個鬼魅了。

中年男人手中提著一盞古舊的提燈，很像從清末時期的畫中走出來的人。

在彷彿要吞噬人的黑暗中，這盞提燈便是唯一的光源，熒熒之光，只夠照亮周圍一公尺。恰好能讓陳霖看見男人的臉，也足夠讓對方看見他此時的表情。

驚訝，困惑，憂慮。

那人嘿嘿笑起來。

「怕什麼，剛來的傢伙都和你一樣。」提燈因為他的笑聲而微微晃動著，燈火搖曳，地上影子也隨之左搖右擺。

「他們呀，都和你一樣害怕，不知道接下來要面對什麼。可是，習慣之後你便會明白——這裡才是真正屬於我們這些『死者』的世界。」

陳霖不做聲地看著他，黑眸中映著提燈的火光。

最後，中年男人自我介紹道：

「我是老劉，負責來接你的引魂人。」

「老劉，你要帶我去哪？」陳霖眨了眨眼，覺得自己似乎稍稍能從周圍詭異的氣氛中適應過來。「你要帶我去地府，還是黃泉？」

「呵呵呵，地府黃泉，是真正的死人才能去安眠的地方。」老劉回答他，「而我們這些『死人』，自然另有去處。跟我來吧。」

老劉一轉身，便帶走唯一的光源，為了不再繼續陷於黑暗中，陳霖只能選擇跟在他身邊。

「我們要去哪裡？」

「去那邊要做些什麼？」

對於這些連珠炮般的問題，老劉只以一句話作答：「到了你就知道了。」

「那我只問一個，是不是從今以後，我都不能再去見我的親人了？」

陳霖問完這句話，走在前面的老劉停住腳步，緩緩轉過身，眸子裡照映出冰冷火光。

「如果希望你家人平安地生活下去，就不要再見他們，記住。」

老劉轉過身，嘀嘀咕咕。

「新來的就知道問東問西。」

陳霖識相地閉上了嘴，他不知道剛才那些問題究竟是哪裡冒犯了老劉。不過他知道，要是不想情況惡化，還是閉嘴為好。

他將去的是一個聞所未聞的世界，一個他十分陌生、需要有人引領的世界。

在這關頭，還是別惹毛帶路人。

也許是「死人」都不喜歡多說話的緣故，一路上老劉未再出聲。只在下樓梯時，看到陳霖一腳踩空時幸災樂禍地怪笑了兩聲。

其後，便一直沉默著。

往下，往下。

陳霖只知道他們在不斷地向下走，不知道走了多久，走了多遠，只怕現在離地面已經有好幾百公尺了。他抬頭看了看，意料之內的，除了一片漆黑什麼都沒有。

視線內唯一的光源，在老劉手裡。

越往深處走，一股寒冷迎面而來，陳霖忍不住伸手搓了搓手臂。這股寒意不僅僅是來自肉體，同樣來自於精神，面對未知的世界，人類都會感到恐懼，陳霖也不例外。

死者的世界，就在前面等著他。

「到了。」直到走得腳跟麻木疼痛，老劉才停下來，淡淡說了一句。

冰冷，漆黑，對痛覺的麻木。

陳霖站在他身後想，現在的自己還真的和一個死人無異了。

「睜大眼看好了。」老劉伸手推門，「這就是屬於我們的世界。」

有形的門被老劉推開，與此同時，陳霖心中也有一道無形的門開啟了。

微弱的光亮從門縫中露出，映入眼簾的是一個與地上截然不同的世界。

那是個一望無際的空間，一眼看去，只見一個個迴旋梯，和樓梯背後不知通往何處的陰影。空間正中央有一根令人瞠目的巨大支柱，從無垠的地底直通地表。圍繞著巨柱的，是一層層數不清的樓層與走道，每層走道又連接著無數小房間，密密麻麻，無法一眼望盡。

這個如蟻穴般的地下世界，有著迥然不同的恢弘與震撼。

陳霖與老劉所在的，正是某一個樓梯的出口處，與整個地下世界相比，他們就像是一粒塵埃。渺小，微不足道。

「這裡……就是黃泉？」陳霖愣愣地道：「就是亡者的世界？」

「是不是黃泉我不知道。」老劉露出一個怪異的笑容，「但是到了這裡，你再想回到上面，可比惡鬼想從地獄逃脫還困難。進來吧，新人。」

跟著老劉走進地下世界，陳霖還有些回不過神。

幾天之內，他莫名其妙地「死了」，然後就被帶到這個鬼地方。不知緣由，不知何故，而接下來等待他的，又會是什麼呢？

首先，老劉帶陳霖去做了登記。看著死亡世界住戶名單上添上了自己的名字，陳霖心裡有一股說不出的滋味。

老劉將一張卡交給他，「這就是你在這裡的唯一憑證，生活、工作、睡覺，哪一樣都離不開它。」

「都做鬼了還要吃飯睡覺工作？」

「人有人途，鬼有鬼路，當然各有各的規矩。」

在登記結束後，老劉帶他來到一間房前。

「這是你的房間，暫時還沒安排室友。」用陳霖的卡刷開房門，屋內只有一張床和一套桌椅。

不過這種生活條件也比陳霖想像中的好太多了，尤其讓他驚訝的是開門竟然也要用磁卡，現代科技於死後世界也無處不在。

「今天先適應一天，明天到這層的大廳集合，會安排你具體事務。」老劉臨走前又道：「不要想著尋死，我是說真正意義上的死。你死了只會拖累你的家人，沒有誰會同情你。」

「不會。」陳霖坐在床上，摸了摸床鋪對他道，「我已經是個死人了，為什麼還要尋死覓活？」

「……你這小子，適應得倒挺快。」老劉被他噎了一下，「很多人剛來的時候可是鬧死鬧活的。」

他見陳霖專注於打量房間也不理睬自己，沒趣地咕噥道：「奇怪的小子。」隨即便邁門而出。

啪一聲，門被關上。屋內只剩陳霖一個。

他收回手，不再四處張望，不再故作好奇地探視，而是坐在床上，看著自己的雙手，靜默許久。

三天前，被不明身分的人威脅著帶走。

被強制宣告死亡。

親眼目睹自己的葬禮。

被帶到這個陌生又離奇的地底世界。

一切都如狂風驟雨般突然襲來，絲毫不給人反應的機會。等回過神，已經坐在這間房裡，這張床上。

陳霖知道自己一向神經大條，可沒想到有一天竟然會遇上這種「驟然死亡」的事件。

葬禮上，母親哭倒時的淚水。

神祕人冷酷的話語，老劉的警告，都一再提醒著他——

「我已經死了？」

黑暗的房間內，陳霖盯著自己的手，神經質般地問了一遍又一遍。

沒有人回答。

Chapter3

幽靈們

第二天，睜開眼的瞬間，陳霖一度不知自己身在何處。

眨了眨眼，藉著窗戶透進來的微弱光線，看了看這間空寂單調的屋子，他才慢慢恢復記憶。

他從床上起身，不更衣不洗漱地離開了房間。反正是「死人」嘛，什麼都無所謂。

老劉說今天要去大廳集合，會幫他安排事務什麼的。雖然不明白究竟怎麼回事，但陳霖決定去看一看。至少有些事做還能讓他警惕自己，而不是真的變成一個幽靈。

大廳很顯眼，一出房門，陳霖就看見了。

正是那個巨型支柱。每層居住區都有數十條空中走廊連接，而支柱內部也分為很多層，大概每層都有一個集合大廳吧。

毫不猶豫地踏上空中走廊，陳霖有些好奇地探頭往下看了一眼。

深，深而又深的黑暗。

沒有人知道，地底的最深處是什麼。光是輕瞥一眼，便讓陳霖有種墜入深淵的驚懼感。

他連忙收回視線，以防自己真的一時失重掉了下去。

沿著空中走廊走到底，巨柱近在眼前，走廊盡頭有一扇不大不小的門，陳霖邁步進去。果然，裡面就是大廳。在他之前，已經有幾個人抵達了。有男有女，有老有幼，唯一相同的是這些人臉上的麻木。

陳霖心裡暗想，難道他們和自己一樣，是剛來到地下世界的「死者」？

接著又有一人走進來，他的一番話，徹底證實了陳霖的想法。那個人環視周圍一圈，無視那些「死者」臉上絕望茫然的神情，傲然開口道：「我不管你們身前是什麼人物，到了這邊後，統統只有一個身分——死人。」

這個高瘦、看起來像是管理者的人道：「記住，你們已經死了，不要去管自己那副無用軀殼裡的呼吸、心跳，或者是別的什麼。哪怕這些都與活人一模一樣，在這世上你們已經算確確實實的死人了。」

「沒有人會再記得你們，也沒有人會再見到你們。你們都是活生生的幽靈，只能生活在地底和夜晚。在這裡的每個人，從今以後都不能用『人』來稱呼自己，你們的自稱只有幽靈、亡者、鬼魅。明白嗎？」

「為什麼？」

一個看起來富態的男人抗議道：「我活得好好的，為什麼要抹殺我在地面的身分！我有兒女有妻子，為什麼得在地底當死人！」

「為什麼？問得好。」管理者露出一個陰陰的笑容，「為什麼會死？那得問你們自己。」

「這裡的每一個人，都是不被允許繼續活在世界上的渣滓、敗類！活著就是浪費空氣、浪費資源！你們應該感激涕零，世上還有這麼一個地方願意收留你們！」

管理者凶狠地道：「為什麼會被抹殺？為什麼連活著都不被允許，而要被送到這裡當個死人，原因你們應該心知肚明！」

「我……」那個搶先辯駁的男人支吾了。

管理者冷笑道：「而我，不管你們生前做過什麼混帳事，既然到了這裡，就得服從死人的規矩。不明白的話，想想還活著的家人，難道你們希望他們來陪你們？」

沒有幽靈敢再次出聲。他們眼中流露出掙扎痛苦的情緒，似乎正嘗試著接受自己已經死亡的事實。唯有陳霖，一直在想一件事，想不明白。

如果說來到這裡的每個幽靈，都曾在「活著的時候」做過什麼必須抹殺他們存在的事，那他呢？他只是個普普通通的人，從未做過任何值得矚目的事，為什麼也被迫死亡，來到這裡？

「那邊那個！對，就是你！」

陳霖站著發呆的表情太過醒目，被管理員點名了。

「請問有什麼事嗎？」

管理員一愣，沒想到陳霖會這麼回答。

「咳，你明白我剛才說的話了嗎？」

陳霖想了想，回憶起昨天引路的老劉說的那番話，重複道：「不要去想自己還活著，不要去想自己的家人，為了彼此著想，必須老老實實地待在這裡。我們已經不是活人，而是被抹殺的死人。」

或許是陳霖的回答太過標準化，管理者愣了一會。

「抱歉，難道我說的不對？」陳霖見他錯愕的表情，歉疚道：「我記得不是很清楚。」

「不，你說的很對。」管理者總算回過神，滿意地點點頭，同時看向其他幽靈道：「要是你們都有這個傢伙這麼識趣，每次接新就不必這麼麻煩了。」

沒有幽靈回應。現場的所有幽靈，除了陳霖，都還沉浸在「死亡」的痛苦中。

管理者見怪不怪，只是繼續道：「別以為到了這裡就可以白吃白喝，什麼都不做。我會讓你們明白，即使是做鬼也是要工作的，不然一樣沒有飯吃。而作為幽靈，我們也有特殊的工作……」

接下來的話，不知道有多少幽靈聽進腦中。不過就算認真聽，能完整記住的可能性也微乎其微，因為管理者的說法太過籠統了。

聽到最後，陳霖只明白了兩點。

一、即使是幽靈，也必須吃飯，工作才有飯吃。

二、幽靈的工作，與活人有很大的不同。

最後把一切介紹都說完後，管理者無趣地看著眾幽靈一圈。那些無精打采、彷彿世界末日的表情他早就看膩了，視線投注到陳霖身上，他眼前一亮。

「你叫什麼名字？」

陳霖想了想。「還是個人的時候，叫陳霖。」

管理者似乎很滿意這個回答，指著大廳內其餘萎靡不振的幽靈對他道：「這裡其他幽靈就都交給你了，從此以後，你就負責這一組。」

「我必須對他們負責到哪種地步？」陳霖皺眉問。

「放心，不用很多。只要看著他們，哪天少了一個跟我彙報一聲就可以。」管理者安慰道，「這也算是你的第一份工作。」

有工作等於有食物，而且又不是麻煩事，陳霖便點了點頭。

「解散吧，明天會把正式工作交派給你們。」管理者看著還是無動於衷的其他幽靈，眼裡閃過一絲惡意，「到時你們就會明白，什麼才是真實的死亡世界。」

管理者直接從大廳內離開，看來他似乎不住在這一層。

等他離開後，陳霖才拔腿向外走去。

「等一等，你！」

就在他剛剛走到門口，有誰出聲喊住了他。

陳霖轉頭望去，是剛才那個出聲與管理者反駁的中年幽靈。當然，或許他還深信自己是個活人。

「有什麼事嗎？」陳霖問。

「你怎麼可以輕易地認同他的說法？」那個中年幽靈忿忿道：「他說你死了，你就真的死了嗎？你摸摸自己的心臟，還在跳動不是嗎？既然這樣，怎麼可以說我們是死人，還把我們派到這種地方，簡直沒有人權——」

「你錯了。」

「什、什麼？」

陳霖重複一遍，「你錯了。不是人權，應該是鬼權才對。」

「誰要和你爭論這個！我是說我們還活著！」

「已經死了。」陳霖冷冷地打斷他，看著那個歇斯底里的傢伙。「我不知道你心底抱著什麼渴望，但是在參加完自己的葬禮，被他們帶到這裡後，我就明白了。在世上所有活人眼中，我們已經死了，不再存在。」

「怎麼……這樣？」

「為什麼不會這樣？按剛才那個傢伙說的，這裡的每個幽靈，都做過某些只有你們自己才知道的事。當你們被從上面的世界抹殺時，他們都曾派人和你們接觸過不是嗎？現在才後悔又有什麼意義？」

陳霖說：「不如作為一個幽靈，好好地生活下去。」

「呵呵，生活下去？在這種不見天日的地方，被當成死人，還怎麼活？」一個女人嗚咽地又瘋又笑，「早知聽了他們的話後，會到這種鬼地方。我當初寧可死也不，死也不……」

死也不什麼？

陳霖沒興趣聽，他們都已經死了，實在沒資格說「寧可死也不怎麼怎麼」這種話。

於是他轉身離開，不再管身後的嘈雜。

然而下一秒，身後傳來一聲驚呼。

「跳下去了！她跳下去了！」

陳霖吃驚回頭。

走道外是無底的深淵，依舊是一片漆黑。看起來沒什麼變化，只是剛才站在他身後的女人，已經不見蹤影。這一跳，怕是真的變成死人了。剛才質問陳霖的中年男人，呆滯地趴坐在地，驚懼地看著走廊外的無底深淵。

「死、死了！她死了啊！」

一片喧鬧中，陳霖收回心神也收回視線，繼續向前走去。

他在心底默默回應——死了，不是早就死了嗎？從進入這裡的第一秒起，就不再活著。

陳霖暗暗緊了緊拳，走過這橫跨於地底深淵上的通道。

腳下，是一片黑暗。

Chapter4

死者的工作

世界上有些工作，只有死人才能做。

當然，這裡的死人不是廣義上的那種，而是陳霖他們這種生命與存在都被世界抹殺的幽靈。

在接受了負責任務的當天，與陳霖同批的新幽靈就減少了。除了從空中走廊跳下去的那名女性外，還有那個中年男幽靈。

第二天一早，他被發現死在自己屋裡。

其他幽靈發現他時，屍體已經僵硬了，呈現一種奇怪的姿勢——雙手徒勞地伸向空中，像是想要抓住什麼。

然而，他想獲得什麼呢？

自由，陽光……還是活著的資格？

無所謂了，反正幽靈們根本不在乎。

收屍體的幽靈們只是將他塞進一個袋子裡，就再也沒見過那個傢伙了。

這一次，他們都是真正的死去。

呼吸停止，心臟停跳，連活在地底的資格都不再擁有。

陳霖得到消息時已經是第二天的上午。

組裡的幽靈們一下子少了兩個，剩下的大多都是老弱病殘，換成其他認真負責的組長，說不定會為此苦腦一番。

陳霖的確苦惱了，卻不是因為這個。

他想到的是另一點。

如果他負責的這批幽靈全部死光，他不就沒有工作了？沒有工作，在這個絕對按照勞動分配的世界，會餓死的。

為了避免失業，陳霖決定按照老劉和管理者的說法，先找一份踏踏實實的工作。

正在他這麼想的時候，一天不見的老劉又找上了他。

「看來你過得不錯。」老劉上上下下地打量著他，「剛來就混到了小組負責的職務，很有前途嘛。」

「我只是識時務一些而已。」陳霖道：「對了，劉叔……」

「叫我老劉就好，我可不想做鬼都還要被叫聲叔。」老劉點起一根菸，「話說回來，我有件正事要跟你說。昨天去大廳集合，那個老傢伙大致講解了這裡的情況吧？你聽了以後是怎麼想的？」

老傢伙？

陳霖回想了一下昨天那位管理者的面孔，再看一眼老劉，心想無論從哪個角度來看，都是老劉更配得上「老傢伙」的稱呼吧。

當然，他面上依然平靜。

「我想找一份工作，盡快。」

「呵呵，我就知道你會這麼回答。」老劉笑了，掐斷菸，「走吧，跟我來。我帶你去找一份工作。」

跟著老劉出門時，陳霖發現外面似乎有個幽靈在等他們，看起來是十幾歲的女孩。注意到陳霖的視線，老劉好心地解釋道：

「和你同一組的，我今天早上逛了一圈，就拉了你們兩個出來。其他的……」他哼笑了兩聲，意味深長。

不用他說，陳霖也能想像得到。其他幽靈大概還無法接受現況，怎麼可能願意跟老劉出來呢？

這個十幾歲的女孩看見陳霖，囁囁嚅嚅地喊了一聲。

「隊、隊長。」

她這一喊，陳霖全身的雞皮疙瘩都起來了。以前上班時，只有別人當他上司的分，現在被別人這麼喊，他還真的習慣不了。

一旁的老劉見兩人彆扭的模樣，哈哈大笑，拍著陳霖的肩膀道：「習慣吧，她喊你隊長也沒錯，畢竟是你這一批的。而且你不會以為擔了一個負責的職務，就只要享受權利，什麼責任都不用負吧？」

陳霖皺了皺眉，心想昨天那個管理者可不是這麼說的，不過話到嘴邊，還是咽下去了。

多說無益，這個地下世界的規則似乎沒那麼好理解，還是慢慢適應吧。

「走吧，新來者的福利，我帶你們逛一圈，順便介紹這裡。」

陳霖和女孩便跟在老劉身後，在這一層逛了起來。

三個幽靈飄飄蕩蕩，在這碩大的地底世界閒晃著，一邊走，老劉枯燥無味的講解聲就響在耳邊。

「你們住的這一層，是第十九層，現在有七百四十六個幽靈。那個巨柱看見了嗎？我們叫它地獄柱，因為沒有人知道它通到地底何處，也沒人知道它上面連接到哪裡。真正的管理層都是通過地獄柱來往的，平時我們這些幽靈很少見到他們。」

管理層，地獄柱。陳霖心裡暗暗記下了這兩個特殊的名詞，同時問道：「那些管理層是和我們一樣的幽靈嗎?還是他們是活人?」

老劉回頭看了他一眼，眼神莫測。「在這地底沒有活物，他們肯定也不是活人。」頓了頓又道，「但是他們和我們也不一樣，不是我們這種見不得天日的幽靈。大概是被上頭命令過來看管我們的吧，呵，要天天面對這一大堆『死人』，其實他們也滿慘的。」

話雖這麼說，陳霖可沒有從老劉的聲音裡聽出一絲同情的意味，和那些管理層比較起來，他們這些幽靈才是生不如死。

「前面是食堂，吃東西要刷卡上的數額，刷光就等著餓肚子吧。如果去工作，會按不同的工作量幫你們儲值，所以不工作就沒飯吃。」老劉說完，呵呵笑了笑。

「不過新來的有優待，剛開始的一週可以免費享用食堂。肚子餓了沒有?現在就進去吃一頓。」

陳霖和女孩跟著進了食堂，其實也就是一間稍大一些的石室。在這裡面用餐，讓陳霖懷疑自己是不是成了原始人。

預料之中的，這間食堂提供的食物也沒有好到哪裡去。

陳霖看著手中兩小袋袋裝食物，看起來似乎都是營養劑之類的流體。一絲熱氣都沒有，一絲人味也無。陳霖心裡暗想，恐怕這也是故意安排的。連食用的食物都徹底與活人不同，為了讓這群幽靈明確地認識到——他們已經不再活著這一事實。

「老劉。」將兩袋食物隨手塞到口袋裡，陳霖道，「我想直接去分配工作的地方。」

「恩，年輕靈，這麼急幹什麼？」

「我想快點找到工作。」陳霖很快適應這個有些特別的稱呼，回道，「我活著的時候也是每天都在工作，不習慣這種無所事事的日子。」

老劉漫不經心地嗯了一聲，回頭問另一邊的女孩：「妳呢，還要繼續吃嗎？」

女孩立刻站起來，戰戰兢兢地看了陳霖和老劉一眼，最後視線投到陳霖身上。

「我、我……隊長說什麼，就是什麼。」

「呵，還真是聽話。」

老劉沒趣地站起身。

「走吧，我帶你們去。」

陳霖跟著起身，同時不免打量一眼之前一直被他忽視的女孩。柔弱、膽小，卻很有眼光。他並不認為對方服從自己就是有眼光，而是在處於弱勢的情況下，能迅速找到一個無害的同類依附，很不簡單。

看來，她能作為一個幽靈活下來。

女孩在陳霖的打量下似乎有些緊張，「隊、隊長？」

「走吧。」陳霖道：「跟著。」

他沒有回頭，沒有伸出手，只是將背後交給了女孩。

女孩愣愣地看著陳霖的背影，眼眶不知不覺泛紅。須臾，她伸手抹了抹眼角，快步跟上。

老劉最終將他們帶到一個和地獄柱裡的大廳迥然不同的空間中。

從地板到天花板，甚至牆壁，全是銀色鋪墊。

在這個寬闊的圓形空間內，最中間懸掛著一個巨大的螢幕，左半邊飛快地掠過各種代碼，右半邊則是一段段不相關的長句。

右邊螢幕又分為數十個小橫條，每個橫條後都有藍色或紅色標誌。

老劉對著目瞪口呆的兩個幽靈介紹道：「右邊是分派下來的工作，左邊是這裡每個幽靈的代號，你們的……看一看那張卡反面，應該有寫。」

陳霖拿出卡來看了一下：U-Z1103

這就是他在地底世界的名稱。

「已經被接下的任務會顯示紅色，未接的是藍色。」老劉似乎興致缺缺，「想要找工作，你們自己去看吧。」

說完，他便走到一邊。

「對了，忘記跟你們說，想接什麼工作，在下面的螢幕輸入代號和工作的數位ID就可以了。」講完最後一句，老劉拐了一個拐角，就真的不見人影了。

這個偌大的空間裡，只剩下陳霖和女孩。

沒有老劉在場，女孩的膽子似乎也大了些，主動跟陳霖對話起來。

「隊、隊長，我們現在要接工作嗎？」

「先去看一看有哪些。」

陳霖走近去看那個螢幕，驚訝地發現它竟然是觸碰式的，可以隨著人的動作而改變。這種形式的虛擬螢幕，他在上面的世界從沒見到過。這個地底世界的科技發展，完全超出了他之前的想像。

不去管左邊掠過的一串串幽靈代號，陳霖專注地看著右邊的工作欄。

各種適合「死人」做的任務，真的是讓他大開眼見。往正常的來說，有食堂的工作，負責分發食物、刷卡；往奇妙的一面看，有些工作的名稱陳霖更是見都沒見過。

拾屍者，假面。

這些工作陳霖掃了一眼，沒再多看。

維護隊，雇戰隊。

這幾個名詞讓他好奇地多看了幾眼，想起以前看過的那些幻想小說。不過顯然，不適合現在的他。

清潔員。

這似乎是最正常的一個，感覺可以試試。

陳霖一邊想著，一邊將自己的代號和工作的數位ＩＤ輸入機器。

滴——

U-G1103 符合資格，接下「清潔員」工作，請在十分鐘內趕到本層 J-918 房間。

機器螢幕上躍出一行提示。

陳霖想，是去房間內打掃？

他此刻還不知道，自己接下的「清潔員」工作真正的涵義是什麼。

的確是清掃地下世界的垃圾和髒汙沒錯，但有時候，那些髒汙卻不是常識中所認為的那種。

這是，只屬於地下世界的汙漬。

Chapter 5

新室友

接下清潔員的工作後，陳霖抽空去看他身旁的女孩。

女孩接的是在食堂分發食物的工作，完成後會有十五點的報酬。剛才的一頓飯似乎價值五點，這麼看的話，這份工作報酬倒還可以。

「隊長，那我先離開了。」女孩詢問地看著他。

陳霖點了點頭，突然像是想到什麼般，問：「等等，妳還沒告訴我名字。」

女孩連忙拿起手裡的卡看了一眼。

「是U-Z1106，隊長！」

「我問的是，名字。」陳霖壓低嗓音道，「在地上世界的時候，屬於妳自己的名字。」

女孩愣了一下，許久，才用微不可聞的聲音道：「許佳，我叫許佳，隊長。」

「我是陳霖。」對她伸出手，陳霖道：「和妳同一批進來的幽靈。」

看著女孩，他輕聲說。

「一起活下去吧。」

活在這個地底世界，哪怕是作為一縷幽魂。

告別許佳後，陳霖前往提示上說的J-918房。說起來，他自己的房間似乎是J-909，那麼這個任務房間不就離他很近？

不知為何，陳霖突然有種不好的預感。他開始想，接下這個清潔工作會不會是個錯誤？然而已經沒有時間猶豫了，既然接下工作，也只能去看一看。

J-918，J-918，陳霖走過自己房門口，又向前走了一小段才停下。

就是這間屋子，房門半開，似乎有人在裡面。是這間屋子的主人？還是其他來打掃的人？

陳霖在門口停留了一瞬，輕輕伸手推門，進入。

一打開門，映入眼簾的是一片耀眼的紅色。那是正對著門的一面牆壁，炙熱的紅色，像是有熊熊烈火在燃燒。強烈的視覺衝擊給人一種窒息感。陳霖微愣了一下，細看那面紅色牆壁，發現牆上的紅色顏料像是快融化一般，有些部分正向下滴落。

此時，頭頂傳來一聲異響。陳霖後頸一陣寒顫，像是有隻野獸或幽魂正在上方窺視著他。心裡升起一種無名的恐懼，陳霖手扶著門把，慢慢地抬頭看去。

——他看到了一雙眼睛。

一雙黑色的，好似來自地獄的眼睛。

眼角微微上挑，纖細的睫毛短而整齊，藏在眼眶中的眼珠卻像是兩個小小的深淵，誘惑人墜落其中。危險，又迷人的一雙眼。但關鍵是，你無法從這雙眼中看出任何情緒，唯一能看見的就是瞳孔中自己的倒影。

讓陳霖覺得害怕的就是這點，他在那眼瞳裡只看到自己驚訝的表情，再沒有其他，什麼情緒都沒有。沒有任何活人能這樣收斂情緒，除非是一具屍體。

注意力都被這雙眼給奪去，直到半分鐘後，陳霖才注意到這雙眼睛的主人。

他像蜘蛛一樣掛在牆上，四肢緊貼著牆壁，身穿黑色緊身衣，勾勒出緊實有致的身體曲線。要不是還有屬於人類的外貌，陳霖真的以為自己遇見某種蜘蛛怪了。

掛在天花板上的幽靈注視了陳霖一會，隨即一個俐落翻身，穩穩地落在陳霖身前。直到他站直，陳霖才注意到這是一個身材高大的年輕幽靈。

這個蜘蛛人摘下某種特製手套，把它扔到一邊。

「打掃。」

直到聽見一個微冷的聲音，陳霖才反應過來是眼前的傢伙在說話。

「打掃？」他不解地重複了一遍。

那位蜘蛛人坐到床邊，竟然開始脫衣服了。解開黑色的緊身衣，露出結實的胸膛，穿衣服的時候還看不出來，他身材還滿健碩的。

「等等，你在幹什麼？」等到蜘蛛人都開始脫褲子了，陳霖才反應過來，臉色古怪地問道：「我接下的是清潔員的工作。」

那邊，脫到一半的幽靈困惑地看著陳霖。

「清潔員，就該打掃。」

下一刻，一個東西被扔了過來，陳霖接住，發現是一卷繃帶。

幽靈指著自己的傷口道：「打掃，這裡。」

一個裂得很深的刀口在他背上，不時有鮮血從傷口滲出，再看那件黑色的緊身衣，相對應部位的確顏色比其他地方更深一些——是染上了鮮血。

原來清潔員的工作，就是治療傷者？

那個傷口在背部很不方便的位置，根本沒辦法獨自處理。

陳霖猶豫了一下，拿著繃帶走過去。

路過紅色牆壁時，陳霖才發現，牆上滴落的紅色液體根本不是顏料，是他傷口上的血！經過爬屋頂那麼激烈的運動，他的傷口大概裂得更深了，血不灑滿一屋子才怪。

包紮的過程中，兩方都很沉默。陳霖的動作不太熟練，有時還會不小心碰到傷口，不過對方只是皺了皺眉，哼都沒哼一聲。這讓他心裡小小佩服了一下。

近距離看，其實這個模仿蜘蛛人的傢伙長得還不錯，雖然沉默了一點，也不是那麼難相處。

「為什麼在我進來的時候爬到牆上去？」陳霖終於忍不住問了。

對方沒有回答，他才意識到自己的問題似乎過於隱私，不由得有些窘迫。

「我沒想到這麼快就有人接下任務，以為是來偷襲的人。」

出乎意料的，蜘蛛人還是回答了他，不過答案卻更讓陳霖驚訝。

「這裡經常有人偷襲你？沒有人管？」

「為什麼有人要管？」這次倒是對方奇怪，「又不關他們的事。」

好吧，看來這地下世界還有很多他不知道的規則。陳霖閉上嘴，專心包紮。

五分鐘後，即使他再不熟練，最基本的傷口處理還是做好了。雖然包紮得有些難看，不過顯然對方也不介意。

穿上衣服，這位蜘蛛人對陳霖伸出手。

「你的卡。」見陳霖不解，他又道：「給你報酬。」

陳霖默默將卡遞出，看著對方也掏出一張卡，將兩張卡對接，一會兒之後，又將他的卡還回來。

「報酬已經匯進去了。」

他將卡遞過來時，陳霖注意到他手上有很多細小的刀傷，還想多攀談幾句，卻發現對方轉身去忙自己的事了。意識到繼續待在這裡會有點尷尬，陳霖識相地退了出去。

不過直到離開房間，他還在想剛才那個蜘蛛人的事。

為什麼他會受傷？

為什麼他會那麼警戒？

他說的經常有人偷襲是什麼意思？

越想越激起他的好奇心，想去窺探這個蜘蛛人的祕密。

陳霖當然知道，好奇心過剩是很危險的。但是在這個死亡世界，如果不時時保持好奇心，會讓他無法意識到自己還活著的事實，遲早會變成一具行屍走肉。

因此，他放縱心底的好奇，迫切地想知道有關蜘蛛人的更多資訊。

然而他沒預料到，不過幾天，這個願望就實現了，就像是老天爺刻意幫助他一樣。

結束了一份簡單的工作，拿到報酬後陳霖準備回房休息。剛走到房間門口，便看到有兩個人影早已站在那裡，似乎是在等他。

一個是老劉，另一個……竟然是前幾日那位蜘蛛人？

「哦，陳霖啊，過來過來。」老劉對他招了招手，「給你介紹一個幽靈，這位是唐恪辛，從今天開始他就是你的室友了。」

一邊的唐恪辛臉上沒有流露出什麼表情，好像他從未見過陳霖一樣。

「室友？」

「是啊，室友。」老劉呵呵笑著，意味深長地道：「不過想必也不會太久，你忍一忍就好。」

沒有理由，沒有原因，陳霖就這樣被分配了一位室友。他一想到本就狹小的房間內又要多一個人，心裡就不太情願。但基本上也沒有轉圜的餘地，這位新室友就這麼住了下來。

老劉走後，房內只剩他們兩個。

對於這位新室友，陳霖暫時還不知道該以什麼樣的方式相處。反而是新室友先開了口。

「你看起來很眼熟，我是不是在哪裡見過你？」那雙深黑的眸中，流露出顯而易見的困惑。

眼熟?明明兩天之前才見過，真是貴人多忘事。

陳霖皮笑肉不笑地伸出手。

「不，我們並沒有見過，也許是你的錯覺。初次見面，我是你的室友陳霖。」

「唐恪辛。」對方也伸過手，輕輕握了一下。

這一次，陳霖明顯感覺到他手上的老繭和傷疤。

這是一雙常年使用鋒銳武器的手，這個唐恪辛身手一定不錯。然而在那雙黑色的眼眸裡，陳霖卻沒有看到一絲殺氣，和那天讓他心生警戒的寒眸截然不同。

一個殺人不眨眼的凶徒，一個文質彬彬的室友，哪個才是他真正的一面?

「希望日後相處愉快。」

陳霖收回手，微微一笑。他心底的好奇心像旺盛的野草一般生長起來，這個神祕室友一定要多多瞭解才行。

唐恪辛看著他的笑容，深黑的眸子閃爍了一瞬。

須臾，用平板無波的聲音回道:

「相處愉快。」

Chapter 6

早

若要問陳霖，新室友是個怎麼樣的人，不，是個怎麼樣的幽靈。

他只有一個詞回答：奇怪。

在地下世界，陳霖已經遇過許多怪事了，但他從沒遇過像唐恪辛這麼奇怪的幽靈。

首先，從同居第一日開始說起。

每間屋子裡就只有一間房，裡面配置了床、桌子之類的簡單家具。如果有新人搬進來，無非就是多添一張床罷了。一開始時，陳霖的確是這麼認為的。

然而他現在站在門口，看著唐恪辛搬進搬出已經好一會了——他的行李還沒搬完。

順道一提，唐恪辛搬了什麼進來呢？

一套齊全的鋁合金鍋碗瓢盆，看樣子保養得還不錯。

油鹽醬醋各種配料，非常齊全。

以及各種陳霖叫不出名字的廚房用品。

如果只有這些還好，陳霖還能認為對方只不過是個廚藝愛好者，畢竟這裡食堂分發的流體食物實在是太難下嚥，有幽靈想親自下廚也是很正常的一件事。

但是，在他親眼看到唐恪辛面不改色地搬進一盆不知名植物、一缸金魚，外帶一隻趴在他肩頭的烏龜進來後，陳霖再也忍不住了。

「這、這些都是你養的寵物？」

還在搬家的唐恪辛抬頭看了他一眼，臉上面無表情。

「不是寵物，是儲備糧食。」他一邊說著，一邊小心翼翼地將肩頭的烏龜放下，放進一個乾乾淨淨剛鋪好細沙的玻璃缸裡。

儲備糧食？

誰會這麼小心翼翼地照顧儲備糧食？

陳霖眉角挑了一挑，又指著屋外的一堆東西問：「那些呢？」

「居家用品。」唐恪辛放下烏龜，將東西全部搬進來，攤到陳霖面前。

「毯子、換洗的被套、曬衣桿……洗碗精。」

將所有東西全部展示給陳霖看了一眼後，唐恪辛抬頭看他。

「有什麼問題嗎？」

「沒有……」

問題可大了！活到這麼大，陳霖從沒見過哪個男人像他一樣，生活用品一應俱全地準備好，還頗有閒心地養著寵物。若是其他人，陳霖一定會覺得這個人很龜毛。但是，事情發生在這個面癱室友身上，他突然就……啞口無言了。

或許活在地下世界的人，都有些怪癖？陳霖心裡提醒著自己要鎮定，一邊回到床上，坐下。

砰咚！

重物落地聲傳來，陳霖抬頭，只見唐恪辛又搬了一個箱子進來。聽那落地的聲音，裡面的東西還挺重的，又是什麼鍋子鏟子嗎？

正想著，唐恪辛已經打開箱子，抽出一把刀。

不是菜刀，而是在黑暗中反射出銳芒的一把長刀。很長，大概比成年男子的一臂還長一點，又很細，大概只有兩個拇指寬。

這樣細而鋒利的一把刀，光看就讓人心底發寒。陳霖不由得想像，若是讓這把刀戳穿身體，會是怎麼樣的撕裂感？會不會前半截都已經穿透肉體了，後半截還露在外面？

要是被這把刀刺穿，一定很痛吧。

不知道陳霖此時的想法，唐恪辛只是抽出長刀，用拇指在刀背輕輕劃過，就像是在愛撫情人的背脊。然後，他抽出一塊布，細心地將刀身裹起來。

做這些事情時，他動作溫柔，就像擺弄菜刀鏟子一樣。似乎他手裡的不是一把殺人利器，而是一個值得傾心愛護的戀人。

黑衣酷男輕撫長刀，這本該是一個充滿畫面感的動作。前提是，唐恪辛不是坐在一大堆清潔劑和抹布中的話。

陳霖心裡升起的一點警惕，在看到唐恪辛身旁那充滿居家感的背景後，全部化為了無奈。

再之後，無論是看到唐恪辛抽出更多武器細細擦拭，或者是看到他一邊任由烏龜在頭上爬來爬去一邊保養長刀，陳霖都不會覺得驚訝了。

當然，唐恪辛身上的祕密，並沒有因為同居而減少分毫。

一週之內，陳霖只和他說到三句話。

第一次是在早上起來，看到唐恪辛背著長刀出門，說了一聲早安。

又一次是在某天晚上，半夜醒來，看到一個人影正蹲在金魚缸前餵食。唐恪辛似乎是剛回來，身上還帶著一股血腥味。然而他就那樣靜靜地對著魚缸，不知是在看裡面搶食的金魚，還是在看他自己在水面的倒影。

陳霖對著那道人影，半夢半醒間問了句：「還不睡啊？」

唐恪辛是怎麼回答的呢？

他說：睡不著。

一身血腥味，餵魚。剛剛回來，魚缸。沉默的側影，睡不著。

這些畫面和記憶，在陳霖迷糊的意識中翻滾著，等他沉沉睡了一夜再起來時，屋內只剩一股特殊的香味。

從床上支起身，抬頭望去。

他看到唐恪辛穿著圍裙在做飯。桌前是一堆配料和菜，腳邊是被香味吸引慢慢爬過來的烏龜。

唐恪辛穿著圍裙，面色嚴謹地站在這些事物中間，實在難以把他和昨晚那個帶著血腥味、半夜歸來的沉默身影聯繫在一起。

這時候，陳霖對他說了一週以來的第三句話——吃飯了？

早啊。

還不睡啊？

吃飯了？

平平常常的三句話，在兩人間的交流中透著一股異常的味道。

剩下的一週時間，陳霖幾乎就沒怎麼見到唐恪辛。他們倆的作息時間完全不同，若是把陳霖比作朝九晚五的上班族，唐恪辛就是從事祕密行業的恐怖分子。

還是一個喜歡料理家務的恐怖分子。

一如既往地，起床後看見對面鋪得整齊的一張空床，再感嘆一下自己亂成一團的床鋪後，陳霖便出門接工作了。

前往接工作的大廳路上，陳霖遇到幾個和他同方向的幽靈。這週每次接工作時，陳霖總會遇到他們，也算面熟了，只是雙方從來沒打過招呼。

對方沒有這個意思，陳霖也不會主動找沒趣。

幽暗的走廊中，幾個人影緩緩而行，倒真像是行走在黑暗中的幽魂。那些幽靈面無表情，臉上只有麻木，眼睛像是黑色的玻璃珠子，沒有一絲光彩。

這些幽靈，才是真正的行屍走肉。

陳霖走在他們身邊，眼中閃過一絲複雜的情緒。

「隊長！」

還沒走進任務大廳，就聽見一個歡快的聲音。陳霖抬頭看去，見許佳正開心地朝他揮手，嘴角不由帶出一絲笑意。在這個氣氛壓抑，好似黃泉一樣的世界，只有再遇見像許佳這樣活潑的同伴時，心底才會生出一股暖意。

提醒著他，他還呼吸著，而不是一具腐屍。

「呦，還是你們啊。」

老劉不知從哪個角落走出來，到陳霖他們身前。

「一週過去了，適應得怎麼樣？」

他上上下下打量著陳霖，眼中透出遺憾的神色。「你沒什麼變化嘛。」

「那你希望我變成什麼樣？」陳霖隨手一指，指著那幾個渾渾噩噩的幽靈，「像他們那樣，等於是個活屍？」

「呵呵呵，我可沒有那麼說。」老劉狡猾地一笑，「別怪我沒有提醒你啊，小子。在這裡——」他用大拇指朝下指了指地面，「活得太像個人的話，吃虧的可是你們。」

說完這句話後，老劉便走開了。陳霖回想著最後那句話，面色微沉。

「隊、隊長，那是什麼意思？」許佳有些害怕道。

「別多想，也許是他故意嚇唬我們。」陳霖總覺得這個引路人老劉，對他們這批新來的幽靈帶著敵意。一股藏得很深、很危險的敵意。

他想了想又對許佳道：「這幾天還是小心些，不要和其他幽靈有太多接觸。」

許佳傻傻地點了頭，接了一個食堂的工作後便離開了。食堂的工作報酬不高，但是安穩，算是比較適合她。陳霖原本想嘗試一下別的工作，但是老劉剛才的那番話驚起了他心中的警惕。

還是先安安穩穩待一陣子再說吧。

這麼想著，他接下了一個清潔員的工作。這次工作卻特地標注著一個「公」字，表示任務可以由多個幽靈同時接下，共同完成。

難道是有什麼大型傷亡事件？

陳霖一邊想著，向任務提示點走去。然而越接近目的地，他的眉頭就皺得越緊。

一股鐵鏽味濃郁得幾乎將他淹沒。這是鮮血的味道，陳霖幾乎都能感覺到它還帶著熱氣的蒸騰感。像是剛剛才從人體中流出，溫熱、黏稠的血。

——這是怎麼回事？

一路上，陳霖看到很多和他一樣接下清潔員任務的幽靈向目的地走去。在他之前，已經有不少幽靈趕過去了。

抵達目的地，門大開著。

裡面傳出來的血腥味，幾乎扼住陳霖的呼吸。他不得已緊緊閉上嘴，好像一張口，就要嘗進滿嘴血味。

踏前一步，腳下傳來黏膩的觸感。陳霖低頭看去，是一灘未乾的血跡，偏暗紅色，仔細看，暗紅下面是近黑的顏色。他突然明白，這是一灘重複被血液覆蓋的痕跡。得流出多少鮮血，才能暈染成這般顏色？

這屋子裡，究竟發生了什麼事？

屏住呼吸，陳霖邁門而入。在進門的一剎那，一道亮光晃過他的眼。那是長刀揮舞時的反光，一閃而過，卻帶著透心的涼意。

唰——！

噴濺的聲音，鮮血從裂口爭相湧出，像是一道紅色噴泉！那被割開的喉嚨，還有裡面可見的血肉和白骨，就這樣浸在血中。

陳霖咽了一下唾沫，移開視線去看別處。比如，那把凶器。

割開喉嚨的，是一把細細的長刀。它很長，比成年男性的臂展還要長，它很細，只有兩個拇指那麼寬。

陳霖知道，這把刀的主人平日裡很細心地在保養它。所以它才能這麼鋒銳，輕輕一下，就割開了人的喉嚨。

輕甩了一下刀鋒，揮去上面的血跡。

那個靜靜站在一汪血池中的身影，正伸手擦去刀面上殘留的血珠，突然像是感覺到什麼，他回頭，看見站在門口的陳霖。

「早。」

唐恪辛對室友這麼招呼道。

在他腳邊，是一具具倒伏的——屍體。

Chapter 7

吃人的世界

如果有人在你面前殺人，你會有什麼反應？

選擇一，尖叫逃跑，建議女士和體弱人士選擇該選項。

選擇二，奮勇上前，力擒歹徒。不建議一般人選擇，請顧慮家人。

那麼，陳霖是怎麼做的呢？他只是很正常地，回應了唐恪辛的那聲招呼。

「你也早。」

下意識這麼回答後，陳霖才反應過來。在這滿是血腥味的屋子裡，根本不是閒適地打招呼的時候。

他眼角掃視著地上的不明屍體，腳跟微微後撤一步，不動聲色地試探道：

「你在這裡幹什麼？」

要是唐恪辛回答他沒幹什麼，他就是看看風景，順便殺殺人——幾日相處下來，陳霖覺得唐恪辛完全可能這麼回答——他會立刻轉身逃之夭夭，他可不想嘗嘗那把長刀的滋味。

「工作。」

出乎意料的是，唐恪辛很正常地回答了，然後收起長刀，向陳霖走來。

這時他身上已經沒有出刀時的那股殺氣，就像一個再正常不過的普通人。陳霖緊繃的神經也稍稍放鬆，他才注意到唐恪辛周圍的其他幽靈。

那些比他早到的幽靈無視了滿身血腥的唐恪辛，他們蹲下站起，收拾爛攤子——一地的斷肢和殘屍。

「你們的工作是清理他們，我的工作是收拾他們。」唐恪辛走到陳霖身邊。

他指的是這一地的屍體。陳霖注意到說「他們」的時候，唐恪辛的語氣就像在形容毫無生命的無機物一樣。

陳霖再看向那些和他一樣接下清潔員工作的幽靈，他們面無表情，機械式地重複著手中工作，打掃清理滿是血跡的房間，並搬走屍體。

他馬上意識到，自己不該閒站著和唐恪辛聊天，而是該去工作了。

「你去吧。」

唐恪辛在他身後說了一句，等陳霖再轉身去看時，只看到神祕室友離去的背影。

他為什麼要殺了滿屋子的人？這些屍體為什麼淪落到現下局面？

這些疑惑掩藏在他心中，無人回答。最讓他隱隱不安的是，現場的清潔員沒有一個對唐恪辛殺人的場面感到驚訝，甚至連半點表情都沒有。就像是對這個情況感到習以為常。

他們沒有情緒，沒有情感，哪怕下一個死的就是自己，大概也不會有太大的反應。

也許一開始時有抗爭過，想證明自己還是個活人。但是長久以來在地底世界的生活，一絲絲地磨滅了他們的意志。

他們開始認命，並服從。

陳霖彎下腰抬起一具屍體。冰冷中帶著微微的餘溫，讓人覺得它彷彿還活著。

看著那些面無表情搬運屍體的幽靈們，陳霖突然覺得比起躺在地上的這些屍體，他們更像死人！

這個地下世界正悄無聲息地將居民們的生存意志抹滅，讓他們活著卻體會不到任何生命的樂趣。

這比唐恪辛那把鋒銳的長刀可怕多了！

殺人於無形，抹滅意志的死亡。

殺人於有形，了斷肉體的死亡。

在掌握地底世界的規則前，他必須忍耐，忍耐這壓抑的氛圍，忍耐隨時可見的死亡。

在這裡生活了一週，才窺得這個龐大地下世界的冰山一角。這裡究竟有多少幽靈？究竟是誰在管理這群幽靈？他們苟延殘喘的意義是什麼？唐恪辛為何會在這裡大開殺戒？像他這樣可以佩刀殺生而不受管制的幽靈又還有多少？

一切的一切，都還是祕密。

似乎是想得太專注了，陳霖腳下一個趔趄，手裡搬運的屍體掉下來了一些。與他合作的幽靈抬頭望了他一眼，眼神幽幽的，並沒有指責，卻比被人罵還要難受。

歉意地笑了笑，陳霖扶正屍體。在這過程中，他不經意間抬頭看了眼手中這具屍體，是個很年輕的女孩，本應是青春韶華的年紀，現在卻成了一具冷冰冰的屍體。它半睜的眼瞳裡布滿血絲，死死地盯著陳霖，似乎是在無聲地質問。

為什麼我會死？

為什麼你還活著？

為什麼死的不是其他人！

這雙飽含不甘、渾濁而恐怖的眼珠，就這樣直直地看著陳霖。直到將她丟進麻袋，被別的清潔員運走，陳霖彷佛還能感受到那股執著的視線。

無聲地站在原地，陳霖悄悄伸出手，感受胸腔裡心臟一下一下的跳動。那裡還是火熱的，沒有冰冷僵硬。

在他左側，就是那個被老劉稱為地獄柱的龐然大物，在地獄柱四周，則是深不見底的黑暗。這個奇幻恍惚的世界，將他與陽光和現實隔絕開來，讓他一點一點地陷進黑暗中，一點一點地忘記自己還活著的事實。

早晚有一天，自己也會變成像其他幽靈那樣的行屍走肉吧？還是在那之前，就成為一具屍體？

陳霖忘不掉那女孩充滿血絲的眼珠。他突然想起老劉之前說的那句話——在這個地底，活得太像個活人的話，可不是一件好事。

他終於明白老劉的意思了，想要在地底世界做一個活人，實在太困難。

回報任務後，陳霖卡上一下子多了一百多點。巨額點數從另一方面提醒著陳霖，即使在地下世界，像這樣大規模的殺戮也不常見。他鬆了口氣的同時，也不由得揣測，這個地底世界運轉的目的，維持它機能的核心，究竟是什麼？

他一直以來入鄉隨俗的思想，只不過是種逃避，逃避這個世界的真實，忽視那些異樣與差異。然而從今天起，陳霖明白無論怎樣躲避，都無濟於事，要想在這裡存活下去，就必須瞭解它。

從明天起，他決定開始接觸其他工作——那些更特殊，卻更能發現地下世界本來面貌的工作。

陳霖回到房間時，唐恪辛早就在屋裡了。

他在桌前忙成一團，拿著一堆不知道從哪裡來的食材，正在準備晚飯。

唐恪辛的手藝很不錯，光站在門口，陳霖就聞到香味了。眼前穿著圍裙的男人，俐落地切著手中的肉塊，實在很難把他與剛才那個揮刀砍人的劊子手聯繫起來。

唐恪辛呢，活在這個地下世界更久的他，究竟是怎麼面對這些真實的？

陳霖搖了搖頭，覺得自己對這位室友關注太多了，他回到床前準備休息，卻突然愣住了。

「你幫我摺了被子？」他不敢置信地道。

「順手而已。」

唐恪辛頭也不抬，正在往鍋裡添加調味料。

「……我不喜歡別人亂碰我的東西。」陳霖皺了皺眉道。

這時，唐恪辛才放下湯勺，抬頭向他這邊看來。

「抱歉，下次不會了。」

他這麼直白地道歉，讓陳霖反思自己是不是說得太過分了，再怎麼說人家也是好意嘛。只是一想到幫自己疊被子的那雙手，前一個小時還在瘋狂地砍殺，他就覺得有點不自在。

「這是習慣。」誰知道唐恪辛那邊，頭回過去又繼續試味，一邊道，「每次工作回來以後，我都必須得找點事做。正好看見你的床亂了，就收拾了一下。抱歉，控制不了。」

「……」

這算什麼解釋？陳霖茫然地看向他。

「強迫症？」

仔細想想，無論是養烏龜、餵金魚、做飯也好。每次做這些事情時，唐恪辛身上總有一股若隱若現的血腥味，難道在執行殺戮工作後，他都以這種方式來調適心情？

由此看來，唐恪辛還是需要調節情感的，不算完全的殺戮機器。這麼一想，他平日裡的那些古怪習慣，自己都可以接受了，甚至還隱隱鬆了口氣。

——和自己同居的是正常人，不是怪物。

正在煮湯的唐恪辛回頭看了陳霖一眼，不明白為什麼在自己說了那些話後，他身上的警戒氣息突然沒了。

真是奇怪的人。

沒有回答陳霖關於強迫症的提問，唐恪辛繼續煮飯。他之所以這麼做，理由只有一個——這樣做會讓他感覺到自己還是正常人類。

在還沒成為幽靈前，有人對他說過一句話。

你殺人之後一點情緒都沒有。沒有喜怒，沒有恐懼，甚至也沒有快感。簡直是個怪物！

——那怎麼樣才能算正常人呢？

唐恪辛當時是這麼問的。

對方是怎麼回答的呢？不記得了，因為之後唐恪辛一刀砍斷了那個人的脖子。

再之後，每次殺人回來，他開始做飯，餵餵金魚，澆澆花。

這麼做的時候，唐恪辛在想，這樣一來我就會像個正常人了吧？

在今天，他成功地誤導了陳霖。

其實自己的室友不僅僅是個怪物，還是個會假裝正常人的怪物，陳霖到很久以後才意識到這點。

不過現在，陳霖對唐恪辛稍稍放下戒心，甚至還主動和他說話。

他問：「你今天出現在那裡，也是工作？」

他想，如果是不得不做的工作，或許唐恪辛並不是喜好殺戮的人。

放下手中的菜刀，唐恪辛回頭看他，說：

「不是。」

Chəpters

007

不是。

這個回答讓陳霖愣了一下。如果不是工作，那麼唐恪辛那般血腥的做法，純粹是為了發洩、好玩？是要內心多扭曲才會這樣啊！

不過他馬上就察覺出不對勁。之前在那個房間相遇時，唐恪辛可不是這麼回答的，他當時明確地說是在工作。

陳霖之所以再問一遍，純粹只是想試探罷了。

沒想到卻得到截然相反的回答，究竟哪一個才是真的？

「是工作，也不是工作。」停頓一會，唐恪辛接著道，「那是一批任務失敗被遣回的幽靈，他們身受重傷無法醫治，只能等死。我的工作就是看守在那，等待他們死去，不讓事情生變。砍下他們的頭顱不是任務，只是我個人的決定。」

頓了頓，唐恪辛又道：「我不想在那邊浪費時間。」

這個回答，徹底否定了別的可能。

唐恪辛並不是因為憐憫那些幽靈受痛苦的折磨，才賜予他們乾脆的死亡，只是不想浪費力氣。雖然兩者原因不同，結果卻是一樣的。

不過人心是種奇怪的東西，相同結果，理由不同，就會產生不同看法。

唐恪辛的行為，在絕大多數人眼中看來是殘忍和冷血的。他自己也很清楚，之所以這麼直白地說出來，只是想試探一下室友的反應。

陳霖的確很驚訝，不過驚訝的不是唐恪辛的行為，而是他剛才那番話中的幾個關鍵字——任務失敗、被遣回。這麼說，那些躺倒在地上的幽靈，只是在執行某個任務或工作時不慎失敗，才變成那樣？

究竟是什麼樣的重傷，必須讓他們活生生地等待死亡？

他現在更想知道的是這一點。事實上，他也這麼問了。

「你問這個？」唐恪辛看他的眼神有點古怪，「不質問我為什麼殺了他們？」

「我像是那麼多管閒事的人嗎？」陳霖苦笑道，「而且那是你的決定。無論原因是什麼，你也減少了他們的痛苦，不是嗎？」

「但我並不是為了他們。」唐恪辛道。

「無論出發點是怎樣，結果總是一樣的。」陳霖是個結果論者。在他看來，惡念可能會陰差陽錯行好事，善意也有可能會弄巧成拙釀大錯。唐恪辛的念頭也算不上大惡，卻在某種程度上算是行善。這樣他有什麼好計較的？

更重要的一點是，那些幽靈與他無關，陳霖不是老好人，滿世界地去譴責不幸、怪罪別人。

唐恪辛打量著新室友，明明看起來很弱，卻總有出人意料的地方。對自己特殊的行為，並不會持有偏見。他突然覺得老劉的這個同寢安排，實在是太合他胃口了。

「我可以告訴你他們為什麼而死，但是有一個要求。」

「要求？」陳霖奇怪，「說來聽聽。」

如果是太無理的條件，他就索性去問其他幽靈，哪怕是去問老劉！

唐恪辛說：「如果你繼續答應跟我住在一起，我不僅會告訴你答案，也可以在一定場合給你一些照顧。」

「照顧？」陳霖神色古怪。

「讓其他傢伙不敢對你出手。只要知道你是我身邊的，他們就不會輕舉妄動。」

唐恪辛輕描淡寫地說著，像在說一件再平常不過的事。

「為什麼一定要和我同住？你一個人住一間房不是更好？」

「不好。」唐恪辛果斷地拒絕了。「我也想，但是他們不同意，他們必須安排一個同居者來監視我。所有的室友中，我最中意的只有你。」

他們？難道指的是管理層？那幫神祕的傢伙特地關注唐恪辛，果然是因為他與眾不同嗎？

這又不是什麼虧本買賣，相反地自己似乎賺到了。陳霖想了想便點頭同意。

於是唐恪辛開始解釋起來。

「你還不瞭解幽靈的工作。」他這麼說，伸出一隻手指了指上面，「這裡是與地上截然不同的世界。這裡的每一個幽靈，都有不能被別人揭穿的祕密。」

我可沒有什麼祕密。陳霖心裡咕噥著，一邊繼續聽他說。

「居住在這裡的幽靈，等於是被管理層挾持，不能反抗，不能抗爭，被他們所利用。有很多見不得光的工作，只能交給我們做。」唐恪辛的眸子閃了閃，「比如去極度危險的區域，那些人會擔心普通人力的消耗，但不會關心幽靈死了多少個。我們沒有姓名、沒有牽掛，利用起來最方便。幽靈這種工具，不論是用來殺人還是做別的，都最省力省心。」

「也包括殺人？這種工作，為什麼不直接找專業的殺手？」

唐恪辛笑了。

「就算是專業的殺手，幽靈殺手豈不是比活人殺手更方便？」

陳霖終於恍然大悟。這裡的幽靈生前都是各種各樣的人物，當然也會有幽靈曾經是殺手、特工。比如，眼前這位室友。

「之前房間裡的那批幽靈，是在完成某個危險的工作時失敗，又沒有可以救治的價值了，所以才被清剿。」唐恪辛淡淡道，「這裡的規則就是這樣，工作，生存下去；失敗，徹底死亡。為了活得更久，必須尋找適合的工作。不過提醒你，不要好高騖遠。」

他看出了陳霖眼中的野心，知道這個實力弱小的傢伙有著不小的志向。只是有時志向再高遠，也要看有沒有命去實現。

「活下去以後呢？」

陳霖突然出聲問：「就這樣一直待在地底苟延殘喘嗎？」

他想起了老劉，那個已經徹底適應地底生活的幽靈。他不喜歡老劉，因為他覺得對方活得就像個殭屍。而老劉看不慣他，大概也是因為不喜歡他身上這份活人氣吧。

「以後？」唐恪辛困惑地側了側頭，似乎是有些不解。「什麼以後？活著不就好了嗎，你還想要求什麼？」

「活著就好了？」陳霖想起那個跳落懸崖的女人，搖了搖頭，「這樣沒有陽光、沒有自由，宛如死人的日子，不叫做活著。」

他贊同那個女人的想法，卻不贊同她尋死的做法。在他看來，比起怨天尤人的絕望，還不如暫且按捺下來，再慢慢尋找出路。說起來，跟他同批的幽靈，似乎只有他和許佳適應了下來。其他的，大概都已經悄無聲息地消失了。

「我不知道你想要什麼樣的活著，不過我的日子卻是一直這樣過來的。」唐恪辛木然道，「完成任務，獲得報酬，就像人類工作之後獲得酬勞，之後為了生存繼續工作，這有什麼區別？」

「區別很大，最起碼在上面還可以見到陽光。」見唐恪辛還是一臉不解的模樣，陳霖沒有興趣再和他辯解下去，只是道：「那在這地底的幽靈最後的歸宿是什麼？一直老死在這裡，永遠不能出去？」

「可以出去，不然你以為我這些食材是去哪裡買的？」唐恪辛指了指鍋裡的正煲著的雞湯。「我之前出任務時，在外面買的，兩百元一隻，是不是有點貴？」

「你！」陳霖激動道：「你能出去，能接觸上面的人？」

「只要接了外出的工作，就可以。但是，不能回去見你原來的家人。」

陳霖不關心這個限制，能夠被允許外出，已經夠讓他驚喜了。

「怎樣才可以外出？我需要做什麼？」

這簡直是個天大的驚喜，按照老劉一直以來的說法，陳霖還以為進來了就不能出去，沒想到竟然在唐恪辛這裡找到了突破口！他一時激動，竟然上前拉住了唐恪辛的衣袖。

「別碰我！」

唐恪辛臉色一變，用力甩開他，眸中滿是冷漠和殺氣。

陳霖愣住了，立刻收回手。他不明白唐恪辛為何突然生氣，卻察覺了自己的得意忘形。知道可以離開這座地下監獄太過興奮，讓他忘記了潛藏的許多危險。

他佇立在原地，為自己的忘形而感到尷尬。

「有點鹹了。」

哪想到，耳邊又傳來這麼一句。

陳霖抬起頭，才發現唐恪辛已經轉身回去準備晚飯，他將湯勺放進鍋裡攪了攪，似乎剛才驟然發怒的人不是他一樣。

真搞不懂這個傢伙。

陳霖試探著又問了一遍，「能外出的究竟是什麼工作？」

「跟你說了也沒用。」沒耐心地回答了一句後，唐恪辛就再也不理陳霖，只把他晾在一邊。

唐恪辛專心致志地煲湯，看了看火候，盛了一小碗出來嘗了嘗，轉頭看向陳霖道：「過來，幫我嘗嘗味道。」

陳霖看著他，突然想到一個主意。他也不說話，只是笑咪咪地湊上去，嘗了一口。

「味道怎麼樣？」唐恪辛認真地等待他的回答。

「嗯，還行吧，只是好像缺了什麼。」

「缺了什麼？」

「缺了……」陳霖突然不說了，「你先告訴我，究竟怎樣才能接外出的工作？」

這麼幼稚的威脅，唐恪辛會上當嗎？

他瞇起眼打量了陳霖好一會，才說：「你不能接，因為你現在等級太低。」

事實證明，他會。

「等級？」

這是什麼，網遊裡的等級嗎？

「看你的卡，ＩＤ是什麼？」

U-Z1103。

「U代表地下，Z代表你的實力。Z是最低等，只是最低級的幽靈，你以為你能爬到地面上去？」

陳霖面色古怪，越聽唐恪辛這麼說，就越感覺像是置身遊戲一般。

「能外出的級別是什麼？」

唐恪辛掏出自己的卡，讓陳霖看清了上面的數字。

U-A007。

「Ｂ級以上。」收回卡，唐恪辛毒舌道：「恭喜你，再做一百年的清潔員工作就可以升到Ｂ級。好了，現在你該告訴我，這湯裡面究竟少了什麼？」

事實還證明，唐恪辛也是睚眥必報。

「你自己慢慢想吧。」

被他打擊的陳霖調頭就走，「再過一百年，你或許就能想出來了。」

Chapter 9

接受訓練

陳霖總算從唐恪辛那裡得知了地下世界的職業體系，或者說是員工須知。

首先，工作得到的點數不僅可以用來購買食物、兌換物品，甚至還能用來提昇自身等級。就像打怪升級，等級越高，得到的好處和利益就越多。

到了B級以上，甚至有機會接到外出的工作。這就是唐恪辛總能夠從外面帶回食材的原因。但是等級並不是那麼好升的，自從那天得到了唐恪辛的提示後，陳霖便去任務大廳仔細查看了一下自己目前的資訊。

U-Z1103，988。

只有幾個簡單的數字，前面的是ＩＤ，後面是他目前擁有的所有點數。不知道湊滿一千點會不會升級？陳霖想著，隨手接了一個食堂的工作。

完成工作後，得到十五點，他的資訊也發生了變化。

U-Z1103,1003/1000。

「是否提升ＩＤ等級？」

是／否

陳霖當然點選了是。

操作平面閃爍了一下，再次恢復正常時，他的所有資訊又發生了變化。

陳霖的眉頭皺了起來。

U-Y1103，3。

原本一千多點，現在只剩下個位數。這完全就像是網遊模式中，人物角色升級之後的情況，經驗值全被升級消耗掉了。

一時大意了，陳霖現在身邊只有三點，吃飯都不夠。

不過，個人資訊卻比原來擴展了一些。在ＩＤ和點數之後，多了其他資訊。

「後勤清潔組，等級排名568，是否按照等級排名更換ＩＤ？」

按照等級排名更換ＩＤ，難道說ＩＤ後面的位數是可以改變的嗎？陳霖想了一下，選擇是。這一次他的ＩＤ資訊變成U-Y568，3，清潔組。

通過這一番摸索，陳霖大概瞭解了一些規則。

在這裡，每個幽靈的ＩＤ都是有意義的。ＡＢＣＤ這些代表等級，或者說是階級。位數代表排名，似乎可以任意替換。你可以沿用你的初始數位ＩＤ，也可以根據工作狀況，換成別的數字。代表你在某一領域的成就，就像網遊中的稱號。陳霖現在的數字是568，代表他在完成清潔任務的幽靈當中排名第五百六十八名。

嗯，該值得自豪嗎？

聽起來似乎可笑，但是肉眼可見的排名，作用卻超乎尋常地大。

陳霖開始認知到，這是一個相當重視效率的等級社會。

這個時候，他又想起了唐恪辛的ＩＤ——U-A007。

初次見到時，不覺得有什麼。直到瞭解了ＩＤ代表的涵義，陳霖才有些心驚。唐恪辛是A級幽靈，這是他早就知道的，但007是什麼意思？排名第七，是他在哪個領域的排名？是殺人嗎？那他實力究竟有多強？更甚者，排名在他之上的六個幽靈又會是怎樣的狠角色？

這個地下世界如此藏龍臥虎，將這些全部掌控在內的則是神祕的管理層及他們背後的人，又有多大的勢力，有多可怕？

他們聚集這些幽靈的目的是什麼，僅僅是為了利用幽靈的身分來完成一些事情，還是……別有緣由？

「隊長……隊長！」

一陣呼喚將陷入沉思的陳霖喚醒，他猛地抬頭，看見站在自己身前的許佳。

小姑娘擔心地看著他：「隊長，你剛才在發呆？發生什麼事了？」

陳霖沉默了一會，搖搖頭：「只是在想該接什麼工作。」

他說出這句話時，心裡閃過一絲歉意。對於一心信賴自己的許佳，他還不能說出這些發現。

至少現在不能。

因為他不清楚這個等級系統背後還隱藏著什麼，這裡有多少幽靈清楚這個排名系統，又為什麼老劉當初沒有提及這一點。沒有明白這些之前，他不會將它告訴一個一無所知的女孩。

如果這個姑娘只想安安穩穩地在這個地下世界生活，那就沒必要告訴她。如果她和自己一樣，渴望著能夠回去，那麼在仔細考察過她是否可以信任後，陳霖會選擇性地告訴她一部分。

這不是冷漠，只是自保。你永遠不會知道在一個人笑意盈盈的背後是什麼，所以不要完全信任其他人。

許佳哪知道陳霖一瞬間腦海閃過這麼多想法，她只是在任務大廳閒晃。

「隊長沒接到工作，要不要和我一起去做清潔員？」

「清潔員？」陳霖眉毛一挑，「妳接了這個工作？」

「是啊，老是在食堂工作很無聊嘛。我想哪怕去掃掃地什麼的，也比在一個地方待著有趣。」許佳果然和陳霖最開始時一樣，認為清潔員就是簡單地打掃衛生。

看著這個天真的小女孩，或許是因為心裡有愧，陳霖忍不住提醒道：「不是這麼簡單……」

「當然不是這麼簡單！」

一個聲音打斷了他，兩個幽靈回頭看去，是老劉。

這個老幽靈似乎總在他們身邊陰魂不散。

老劉笑嘻嘻地走過來，看了陳霖一眼，對許佳道：「這裡的清潔工作有很多種的，小姑娘妳做得來嗎？」

那一眼帶著警告，陳霖頓了下，還是閉上了嘴。

「我不怕難也不怕累，別小看我。」許佳不服氣道，「在家裡所有的家務，可都是我包辦的呢！」

「是嗎？」老劉笑笑，「那麼這個清潔工作妳也能做好囉？」

「當然！」有些憤怒地揮了揮拳頭，許佳像是想要證明自己能行一樣。「隊長，我先去工作了！」

陳霖深深地看了她一眼，沉默地點了點頭。許佳對老劉吐了下舌頭，一溜煙地跑遠了。她走遠時，腦袋後的辮子還一晃一晃的。這個女孩身上充滿了朝氣與活力，在習慣了地下世界的生活後，許佳就一掃頹靡，變得開朗起來。

這份開朗，在正常的社會中或許有很多人喜歡，在這裡卻代表著危險。

老劉看著她走遠，回頭看著陳霖。

「你別多管閒事。」老劉眼中閃過一絲陰狠，「自身難保，還想照顧別人？」

陳霖不語。

「我早就說過，在這裡活得太像個人不是件好事。」老劉陰陰地笑了笑。「你幫不了她，得讓她自己明白這一點，如果她還能安然無恙地回來的話，哈哈。」

看到一個一無所知的幽靈涉入險境，他似乎很開心。這個地下世界的老居民，眼中充斥著連他自己都沒察覺的嫉妒與恨意。作為一個半死不活的殭屍，那些還帶著生存希望的新幽靈是最礙眼的，所以他才找了各種方式磨滅他們的意志。

肆意嘲笑一番後，老劉看著一直沉默的陳霖，覺得有些無趣。得不到回應的嘲弄似乎也變得沒意義，冷哼一聲便走了。

他沒注意到，身後的陳霖一直盯著他。

眼神很深、很暗，沒有情緒。

最終，陳霖什麼也沒做，只是回頭去看工作螢幕。工作，工作，提升等級，這是他現在最渴望的事。有了實力，才可以反抗！

選擇了一個名為拾屍者的工作，陳霖正想接取，螢幕上卻跳出一個提示：

「檢測ID為清潔組，不適合接受此工作，是否接受訓練？」

這是什麼系統，還有訓練功能？

陳霖繼續看下去，發現更多提示。接受拾屍者工作的培訓，並不會消耗他的點數，反而會給他十點的獎勵。天下有這麼好的事？

事有反常必為妖。陳霖有些猶豫，然而腦海中晃過老劉剛才的話，狠下心，他接了這份工作。

螢幕再度提示。

「請前往大廳接受訓練指導。」

這個大廳指的是最開始幽靈們集合的地點。除了集合那一次，陳霖一直都沒再接近過地獄柱，再次走在這條空中走廊上，他心裡多了不少感慨。

他不會忘記，曾經有個女人從這裡跳下深淵。當時他很漠然，甚至有些不屑，現在卻覺得佩服她的勇氣，畢竟這也算一種反抗。

但是這種消極的反抗，不是他會選擇的。他之所以按部就班，乖乖聽話，不是因為認命，而是為了有朝一日能從地底出去。哪怕是作為從地獄中掙扎而出的惡鬼，也要爬到活人世界！

大廳近在眼前，陳霖走進去，發現裡面已經有人了。一個高瘦的身影，正站在大廳中央。

那人轉過身，看見陳霖似乎有些訝異。

「新來的？」

不知道他從哪裡看出這點的，陳霖點了點頭。

這個陌生幽靈笑了笑，「在這裡，臉上還有表情的只有兩種幽靈。一種是新進的，還不知天高地厚。另一種就是——」他指了指自己，眼中似乎有些傲意。

「像我們這樣，慢慢從地獄爬上來的老鬼。」

光憑對方的氣勢和眼中的傲意，陳霖就知道這個幽靈和唐恪辛一樣強大。

兩者不同的是，這個幽靈的傲慢很顯而易見，他依賴的是自身的強大。唐恪辛的傲慢卻藏得很深，不仔細去觀察甚至無法發現。

難道是因為唐恪辛比眼前的幽靈弱小嗎？

不，恰恰相反，真正的強者不會恃才傲物。

他們都明白一個道理，世上總有更強的人。

這個陌生的傢伙見陳霖見怪不怪，眼神一閃。

「哦，原來你已經知道那個祕密了，像你這樣剛來幾天，就發現了ＩＤ升級祕密的人很少見啊，有誰提示你了嗎？」

「我有一個室友。」陳霖沒有說更多。

對方點了點頭，將自己的卡在陳霖眼前晃了一下。

U-C118。

「我是指導組的，你可以稱呼我老妖。」

老妖說：「這一次，我負責你的拾屍者訓練。」

說到這裡，他看著陳霖，勾了勾嘴角。

「祝你好運。」

Chapter 10

只為生存

此時，唐恪辛正在房間內，地上攤了一堆雜誌。

《如何做好美味料理》、《美食進階》、《主婦的必修技藝》，唐恪辛正辛勤地磨練著自己。無論做什麼，他都想做到最好。不管是殺人，還是做飯。自從上次煲的湯被陳霖提了意見後，現在唐恪辛的目標只有一個——讓陳霖認可自己的廚藝。

翻著食譜，唐恪辛沉浸在廚藝的研究中。

另一頭，陳霖即將開始拾屍者的初次訓練。

「首先，我要讓你明白拾屍者意味著什麼。」老妖道，「你先說說自己的看法。」

略微沉吟一會，陳霖說：「清潔員的工作有涉及到收拾處理屍體，既然這樣，拾屍者的工作就不會只是收回屍體那麼簡單。」

老妖點點：「繼續。」

「必須初步訓練才能接觸這種工作，說明它有一定的危險性，也有相當的技術要求。我猜測，拾屍者的工作也許會涉及到戰鬥。」最後，陳霖頓了頓道，「這很可能是戰鬥或戰鬥輔助的一類職業，名義上的蒐集屍體，或許是為了獲取情報。我只能猜出這麼多。」

「已經不錯了。」老妖讚揚，「你挺有頭腦的，也許這一次我可以輕鬆點了。那麼，我簡單為你介紹一下拾屍者的工作特性。

「大致來說，就像你猜測中的那樣，這是一個需要初步戰鬥技能的工作。它負責為前方的戰鬥組清理現場，消滅痕跡，同時也負責收集屍體遺留的訊息。」

老妖瞇了瞇眼，笑道：「很多人都認為，死人是可以說話的。拾屍者的一項職責就是撬開那些屍體的嘴，從他們身上獲得我們想要的線索。」

老妖對陳霖道：「作為一個合格的拾屍者，你必須具備優秀的心智，並且初通戰鬥。」他打量了陳霖全身，搖搖頭道：「看來你沒有什麼格鬥基礎。」

二十多年來，陳霖都只是一個普通人，哪會接觸到什麼格鬥技巧？像唐恪辛那樣生來就精通戰鬥技巧的幽靈，也不是遍地都有的。

「沒有基礎，可以從現在開始訓練啊。」陳霖回道，「而且拾屍者只是戰鬥輔助，一開始並不需要多強大的戰鬥能力吧？」

「那倒是。」老妖點點頭，「比起戰鬥能力，拾屍者更需要的是……」他說了一半突然停止，看著陳霖，詭異地笑了起來。

「你跟我來。」他轉身，走進大廳的一扇黑金色的門，陳霖注意到，之前管理層們進出都是從這扇門。

陳霖靜靜地跟在他身後，不知道這個指導者會把自己帶到哪去。然而看著老妖嘴邊不懷好意的微笑，他有預感，那絕不是什麼好地方。

兩個幽靈走進大廳中間的門。

進去後陳霖才發現，這竟然是一座電梯！也對，一個偌大的地下世界，不可能靠樓梯來連通上下層吧。

電梯上面顯示的數位是13，表示他們現在的層數。

老妖按下25，電梯便開始下行。

「你不問我要帶你去哪裡？」

「總之是與訓練有關的地方。」

老妖看著平靜的陳霖，心裡一笑，不再多說話。

叮。電梯停在二十五層，兩個幽靈走出地獄柱。

這是陳霖第一次來到其他層，忍不住四處打量，除了更暗一些，與他所在的第十三層相差不大。

「這裡沒有設置居住區。」走在前面的老妖道，「不過卻有人住著。」

陳霖注意到他的詞語，說的是「人」，而不是「幽靈」。一時之間，不由瞪大了眼。

「活人？」

老妖呵呵笑道：「是啊，活人。啊，至少現在這批還是活的。」

聽見他這麼說，陳霖微微蹙起眉頭，這句話是什麼意思？

二十五層的走道比十三層狹窄，房間也不多。陳霖跟著老妖一路走來，一股淡淡的甜腥味也越來越濃——是血的味道。

彷彿為了證實他的猜想，老妖停在一個房間前。

眼前是一扇鐵門，打造得如同關押重刑犯一般嚴實，沒有一絲縫隙。鐵門上卻是紅點斑斑，不僅僅是鏽跡，更多的是乾枯的血跡。

「要進去囉。」老妖輕笑著道了一聲，拿出自己的卡在門旁的機器上刷了一下。

嗶。鐵門慢慢打開。

一股氣味迎面而來，陳霖忍不住捂住鼻子。

這味道比之前清理屍體的那一次還要刺鼻，不僅僅是血腥味，還有一股臭味。那是無法想像的臭味，簡直就像是不應該存在於這世界上。

陳霖緩了緩，睜眼望去，瞳孔剎那緊縮。

他終於知道那些刺鼻的臭味是怎麼回事了，這裡簡直是人間地獄！

在不足六坪的房間內，塞了五十多個人，他們像是貨物一樣堆疊著，衣不蔽體，渾身充滿惡臭，腐爛和排泄物的味道混在一起，還有各種嘔吐物。

這樣的人間地獄，連幽靈也會感到害怕。屋內的人們卻渾然不覺，他們眼神茫然，在看見門打開之後都瘋狂地看過來，眼神中透露著渴望。

「食物，食物……給我食物！」

一個女人從地上蹣跚地爬向門口，爬行過程中帶出一條長長的拖痕。陳霖視線被她吸引過去，她的下肢竟然是腐爛的，白色的蛆蟲在上頭蠕動著。

女人的面孔姣好出色，若在平日一定是個奪人眼球的美人。現在卻在拖著一雙腐爛的腿，在地上爬來爬去，眼中盡是瘋狂。

或許是這場景實在是觸目驚心，陳霖竟然看得發愣了。

倏地，腳邊傳來一股疼痛，他往下一看——

「吃的，給我吃的，給我！」

一個男人不知什麼時候抓住了他的右腳，手勁大得讓他緊皺眉頭。男人卻毫不在乎地加大力道，瘋狂地乞求食物。

與此同時，更多人向陳霖靠近，即便下肢全是腐爛或癱瘓的，仍然蠕動著前行，不斷渴求食物。

這一幕，比地獄更甚。

陳霖想踢開抓著他右腳的男人，卻發現對方的力氣竟然大得出奇。他心下有些慌張，不由轉身向老妖看去。

「你——！」

不知何時，老妖竟然走出房間，正在門口微笑地對他揮揮手。看見他的另一隻手扶在門邊上，陳霖心裡有不好的預感。

「第一次訓練。」老妖緩緩道，「半個小時後我來接你，祝你好運。」

話音剛落，門就在眼前被關上，陳霖不敢置信地愣住了。

屋內陷入漆黑，地上蠕動的聲音卻更加明顯。喉結上下滑動了一下，陳霖有些僵硬地轉過頭去。

一雙雙反光的眼眸正緊盯著他，像是黑夜中窺伺食物的狼群。不知是哪來的力氣，這些瘦得跟骷髏一樣的人使出全身力氣向他爬來。

啪，啪。

腐爛軀體爬過地板的聲音。

嘰，嘰。

指尖用力抓著地板，刮出一道道長痕。

還有蠕動的水聲，是鮮血滴落，是這些人吞咽口水的聲音。

所有人看向陳霖，嘴中只念叨著一個詞。

「食物，食物……」

「食物，食物……」

一遍一遍地重複著，宛如魔咒。

這裡就是地獄。

陳霖在一堆如惡鬼般爬動的人群中，孤立無援。又有一隻手抓住了他的腳，那濕滑冰冷的觸感讓他打了個寒噤。他低頭，清楚接收到了這些人眼神中的貪婪。

他們將他當成了食物，打算把他活活吃掉！

一瞬間的恐懼過後，陳霖心裡湧上來的是一種憤怒。

被莫名其妙地宣布死亡，被帶到這個地下世界，被奪去自由和光明，他一直默默地承受著。然而這一刻，這些妄圖生吃他的活人卻徹底激發了他心底的怒火。

夠了！受夠了！

他不是生來就任人欺凌的！老劉的威脅、唐恪辛的無視、老妖的戲耍，他都無法反抗，難道還要任由這些活死人生吞活剝自己嗎？

陳霖彎下腰，用力抓住一隻扣著自己的手，試圖扯開。

那半死不活的人痛得大喊起來，像是野獸在號哭。其他人見狀，瑟縮地退後一步，但仍不願意放棄這塊「肥肉」，躲在不遠處繼續窺伺著。

陳霖一腳踹開一個人，注意到其他人垂涎的目光，心裡滿是怒火。

他算是明白了，老妖看出他心底的猶豫，才讓他來和這些活死人搏鬥。失去人性的活死人和一個無法泯滅良心的幽靈，誰才能活到最後？

他們要逼自己抹去心中僅剩的人性！

對著一屋子虎視眈眈的眼睛，陳霖狠狠一笑，眼中盡是晦暗的光芒。

既然世界非要逼他做出選擇，他也只能捨命相陪了！

Chəpter 1 1

活著

老妖看了下時間，還有一分鐘，那小子就進去半個小時了。

他站起身來，撣了撣衣服。

「要走了？」

在他旁邊坐著一個人，穿著寬大的黑袍，看不清面容。

「嗯。」老妖回答，「還是要去看看。」

黑袍人不出聲地笑了一下，老妖看見他嘴角彎起的弧度，心裡有些凜然。

「將新手丟在那裡半個小時，你還指望他平安無事？」黑袍人道：「你很討厭這個新來的？」

老妖默然。

「……不是討厭。」老妖說，「是害怕。」

「害怕一個新手？」

「如果他能一路成長下去，就不是新手了。」老妖說，「到時候，他會帶來無法預見的改變和破壞。」

「哦？」

黑袍人似乎不信。

老妖低頭，似乎是在回想什麼。

「我看得出來，他眼裡有生氣。任由這樣一個傢伙成長，對我們很危險。」

黑袍人沉默了一下，眼中似乎有不屑。

「一個新手?等他成長起來再說吧。」

黑袍人也站起身來，向地獄柱的方向走去。

看著他走的方向，老妖忍不住出聲。

「你要去哪？」

「去找那個傢伙。」黑袍人走在前方，聲音遠遠地傳來，「現在對我們來說，最大的麻煩是他才對。」

他行走如風，快而疾，黑色斗篷被風吹得掀了起來，露出別在右腰的一把匕首，以及眼中一閃而逝的戰意。

看著黑袍人消失在地獄柱中，老妖才轉身，走向陳霖所在的房間。

鐵門的隔音效果很好，聽不見裡面一丁點聲響。在開門的時候，老妖一直在想，自己將會看到怎樣一幅場景。然而當大門敞開的那一刻，他發現，人類的想像力也是有盡頭的。

——他面前的是一個血人。

從頭到腳，沾滿了鮮血和一些看不出原樣的內臟。

紅色，滿滿的紅色，甚至連頭髮都被染紅了。全身唯一有其他色彩的地方，就是那對眼眸。

炯炯有神的黑眸直直向老妖看了過來。

有那麼一秒，老妖被這個眼神恍惚了一下，隨即回過神，仔細觀察。

本來爬滿房間的人們，此時都躲遠了。不僅如此，他們眼中滿是恐懼，似乎本能地畏懼著這個血人。

血人只是站著，沒有主動攻擊，只是那雙黑白分明的眼裡滿是凌厲的殺意。

凶狠，卻始終保有理智，這才是最可怕的。

老妖不動聲色地感嘆了一聲，結束了和血人的對視，出聲道：

「半個小時到了。」

陳霖的喉頭動了一下，沙啞地出聲問：「我可以出去了嗎？」

「出去？」老妖玩味地笑了一下，對他道：「你能平安無事，算是過了第一關，但是能不能出來，還不一定呢。我要問你幾個問題，然後再做決定。」

「但是你說半個小時……」

「我只是說半個小時後來找你，沒說會放你出來。」老妖得逞地笑了笑，似乎很喜歡陳霖此時失望又憤怒的表情。

緊了緊拳，陳霖忍著滿身的血腥味。他閉上眼，似乎是控制住情緒後，才再次與老妖對話。

「你要問什麼？」

老妖沒有說話，而是走到陳霖身邊，蹲下，看他腳邊一具已經停止呼吸的屍體。

「你殺了她？」

陳霖面無表情。

「她本來就不算是活人了。」

「呵，不算活人？你以什麼來判定，就因為他們生存在這樣生不如死的地方嗎？」老妖嘲笑著，「這些人雖然變成這副模樣，但是他們在上面還都留有自己的身分。他們互相蠶食甚至是攻擊你，不過是因為強烈的求生意志。這麼想要活下去，怎麼不算是活人？相反，比起他們，我們更像是死人。」

老妖緊盯著陳霖的黑眸，似乎想打破他的防線。

人。」

「你剛才究竟殺了多少活人？」

陳霖的身子不明顯地顫動了一下，許久，才以幾乎乾啞的聲音道：「五個……

人。」

老妖看出他眼裡的掙扎，笑了。

這種殺人的苦惱與衝擊，只有殺活生生的人時才會產生。只有讓陳霖親口承認自己殺的是活人，才能起到最大的打擊。

無論是為了什麼原因，親手抹殺一個鮮活的生命，不是那麼容易的。

老妖需要讓他感受這種痛苦。

「我再問你。」他抬起手中幾乎面目全非的屍體。「你覺得她漂亮嗎？」

「我……不知道。」陳霖的神色有些痛苦。

「回答我！」老妖再問。「仔細看著她的臉，你覺得她漂亮嗎？」

陳霖將視線移過去，看向那具屍體的臉。

滿臉血痕，面色猙獰，實在說不上漂亮。

他剛進屋時，見過她原本的模樣，雖然渾身是血，還說得上是漂亮的。

現在……

「不。」陳霖回答。

「是啊。」老妖滿意地笑了。「無論生前是什麼地位，擁有著什麼，死去以後都不會再美麗。而她，就是你殺的，為什麼？」

為什麼要殺她？

陳霖道：「因為我也想活下去。」

這個回答，他沒有猶豫。相反，說出這句話時，他眼中原本的困惑和掙扎也漸漸消散，目光變得堅定。

「因為我更不想死。」

「你不想死就要讓她死，你不覺得很自私嗎？」

陳霖毫不猶豫地回答：「我不想殺人，但更不想被別人殺死。如果這是法治社會，或許我不用殺她就能制止她，但這裡不是。」他看向老妖，「她想殺我，而我需要活著。」

呿。

見陳霖沒有陷入愧疚中不可自拔，老妖心裡不滿地哼了一聲，換了話題。

「那好，我再問你最後一題，回答對了，你就可以離開。」看著陳霖，老妖壓低聲音問：「你知道這個女人的名字嗎？」

陳霖雙眼瞬間睜大，滿是不可思議。

「不知道？」老妖滿意的笑了，站起身，再次走向門口。「半個小時後我會再來，到時候希望你能回答我的問題。」

「為什麼！」陳霖不甘心地喊。

「沒有為什麼，小子。」老妖不屑地道，「你要是還記得我跟你說過的話，就不該問這麼蠢的問題。」

鐵門再次在陳霖面前關上，黑夜重臨。

拾屍者的工作，不僅僅是收拾戰場、輔助戰鬥。更重要的一點，是撬開死人的嘴，獲取一切能夠獲得的資訊。

之後每半個小時，老妖都會過來一趟。陳霖，連續三次繼續被關在屋內。

直到第四次——

「他是什麼人？」

「一個士兵、雇傭兵、殺手，或其他精通戰鬥職業的人。」

「哦，從哪裡判斷的？」

「他襲擊我的時候，力量不足卻很有技巧，每次都攻向致命點，說明他經過訓練。」

老妖點了點頭，再次指著地上的另一具屍體問。

「這個人的名字？」

「于向。」

一連幾個問題，似乎都很完美，老妖開始故意刁難起來。

「那麼，你知道他妻子的名字嗎？」

這個問題讓陳霖皺起了眉頭，他蹲下去翻找那具屍體，沒有收穫。

他想了想，站起身來。

「他沒有妻子。」

老妖挑眉，似乎有些生氣。「找不到答案，也不能隨便編話騙我。」

「不是騙你。」陳霖道：「我翻看了他完好的右手，沒有戒痕。而他身上的衣服有休閒有正裝，很不倫不類，一個女人不會讓自己的丈夫穿成這樣出門。最關鍵的是，我和他對峙時對他說了一句話，他沒有理會，還是攻過來了。」

老妖頗有興趣，「你說了什麼？」

「我說，他最重要的那個人在我們手中，如果殺了我，那個人就會死。他沒有理會。」陳霖回視他，「所以我認為他已經沒有家人了。」

「哈哈哈！」老妖突然大笑起來，拍著他的肩膀，「雖然理論和方法還有些幼稚，不過恭喜你，合格了。出來吧。」

踏出門口的一瞬間，陳霖鬆了口氣，差點連站都站不住。

老妖回頭看著他蒼白的臉色，眼中盡是複雜。

能夠一再地在折磨中堅持下來，還保持著最基本的理性，這本身就是一件很可怕的事。

要是規則允許，他真想在這一刻就抹殺掉這個新手。

但是，他不能。

老妖說：「去另一間房洗乾淨，然後回去吧。明天繼續訓練。」

陳霖回到房間時幾乎虛脫，不僅是肉體，還有精神。

一整天的折磨幾乎讓他崩潰，很多次他都堅持不下去了。

然而每一次在懸崖上拉住他意志的，是那些人絕望瘋狂的眼神。

他不想變成那樣，所以必須活下去！

回到房間，陳霖剛放鬆下來吸了一口氣，就猛地感到不對！

他又聞到了血腥味！

雖然很輕微，但沒有逃過他的鼻子。循著味道望去，陳霖看到了一雙眼。

唐恪辛的眼睛。

Chapter 12

不是我的血

陳霖見過很多雙眼，有的滿是天真，有的內藏狡詐。在這個地下世界，他見到過許多麻木無神的眼，從沒有一雙眼像唐恪辛這般，如此吸引他的視線。

黑色的眼瞳如同黑洞，彷彿連光線都被吸攏過去。它僅僅是注視著你，就讓人有墜入深淵的感覺，不知不覺中被吸引進去。

唐恪辛的眼睛，有著男性的銳利，同時又像一道清風輕輕從你心底拂過，掀起平靜湖面的道道波瀾。

陳霖猛地回神，才從這雙奪人心神的眼眸中掙脫。一想到剛才自己的發愣，他就有些窘迫。

他有些懊惱自己的懈怠，看著已經收回視線的唐恪辛，問：「你受傷了？」

屋中淡淡的血腥味，就是從唐恪辛身上飄出來的。

坐在對面的男人回答：「不是我的血。」

他這麼說的時候，陳霖才注意到他手中的東西，一把長刀，正是唐恪辛常用的那把。而現在，他把刀小心翼翼地捧在懷中，替它纏上一層層的布。

陳霖已經瞭解他的習慣，每當長刀拔出，見了血後，唐恪辛才會這麼保養它。

這麼說，屋裡的血腥味是別人的了？

「打鬥弄亂了屋子，等一下我會收拾。」唐恪辛說。

陳霖掃視屋內，的確比出門前亂了一點，不過實在難以想像這裡曾經發生過一場戰鬥。

「又是那些來襲擊你的傢伙？」

記得上次唐恪辛受傷時，也曾說過被偷襲了這種話。陳霖不禁心想，難道唐恪辛其實有很多仇敵？不過看他使刀時的凌厲作風，與人結仇也不意外。

沒想到唐恪辛卻是一愣，詫異地看向陳霖。

「你怎麼知道有人偷襲過我？」

「第一次見面時。」看他一臉不解，陳霖又補充，「那次我去做清潔員工作，幫你處理過一次傷口，你告訴我的。」剛經歷了殘酷的人性試煉，對於可以稍微信賴的室友，陳霖忍不住關心道：「還是同一批襲擊你的人嗎？」

唐恪辛搖搖頭，「不重要的傢伙，我不會去費心思記住他們。」

不重要的傢伙，不值得費心思？自己是不是也屬於這一類呢？

陳霖面笑心不笑道：「是嗎？那你是不是到現在都沒記住我的名字？要不要我在胸前貼一個牌子，省得讓你費心思去記。」

「陳霖。」

唐恪辛輕輕喊出他的名字。

「我已經記住你了，不會忘記。」

他這麼說的時候並沒有帶著什麼特殊涵義，但是那專注認真的眼神還是讓陳霖一愣，彷彿唐恪辛說的是某種誓言。

「比起我，你身上的血腥味更濃。」唐恪辛面露困惑，「你一個新手，照理說不會有人讓你去參加戰鬥，怎麼回事？」

陳霖連忙低頭嗅一嗅，他明明把那些血味洗乾淨了啊。

「一般人聞不到，但是我可以。這是新鮮血液的味道。」唐恪辛問：「你也被人襲擊了？」

想起之前在那間屋裡的場面，陳霖不置可否道：「算是吧，還差點……回不來了，而且明天還要去。」

「很危險？」唐恪辛皺眉。

陳霖可不會自作多情地以為對方是在擔心自己，於是便問：「危不危險與你有關？」

「有關。」唐恪辛點點頭，說：「找到一個合心意的室友很不容易，你要是這麼輕易就死了，我會很困擾。」

真不知道該開心還是不開心了。陳霖只能翻了個白眼，回答：「是啊，那你還是等我死了再困擾吧。」

「其實在你死之前，還是可以做一點適當的防護措施。」唐恪辛突然起身，向陳霖這邊走來。

不過幾步距離，他走到面前時，陳霖還沒有反應過來這傢伙究竟是要幹什麼。直到唐恪辛的一雙手在他肩膀上捏來捏去，又按壓他的背脊，力道大得讓他覺得痛，陳霖才出聲抗議。

「你這是幹什麼！」

「摸骨，順便檢查一下你的肌肉，看看適不適合練習。」

陳霖疑惑。「練習什麼？」

「格鬥術，一種戰鬥技巧，我自己歸納的。」唐恪辛說：「把這個教給你的話，即使你天分不夠，還是可以保命。」

陳霖有些懷疑自己是不是幻聽了，驚訝道：「你要教我戰鬥？然後呢，會變得像你那樣厲害？」

如果真是這樣，簡直是天上掉下來的餡餅啊。

在這個危險的地下世界，擁有好身手無疑是最好的依靠。

地下世界是一個真實而殘忍的世界，這樣的世界也最尊重實力。如果能像唐恪辛那樣強大……

想著想著，陳霖眼睛都快綻出光來。

「不可能。」

唐恪辛簡單俐落地打斷了他的妄想。

「我自創的格鬥術，練習的是殺人的方法。你並不適合殺人，所以我只能教你簡單一點的，其他的你學不會。」他看著想要辯駁的陳霖，又道：「心裡還有一絲憐憫的人，不適合殺人。」

這句話，徹底將陳霖堵住了。

唐恪辛果真有一雙犀利的眼睛，能夠看穿他的內心。

是的，即便經過煉獄般的一天，陳霖也沒有抹滅心中的堅持。

他會為了生存與人搏鬥，但絕不會濫殺無辜，這是他作為人的底線，也是他提醒自己還是一個「人」的底線。

愣了好一會，他又問：「你真的會教我？」

「嗯。」

「沒有條件？」

「有。」

果然！

陳霖睜大眼看著唐恪辛，等著他開出什麼苛刻的條件。

「從今天開始，我會負責你的三餐。」唐恪辛面不改色道：「你的任務就是在用餐結束後，回答我的問題。如果你避而不答或說謊，我會立刻停止教學。基本上，現在就只有這個條件。」

「以後條件還會增加？」

「看情況而定。」回答完後，唐恪辛轉身走掉，開始收拾起屋子。

陳霖心想反正也沒事，索性就一起幫忙。

直到開始打掃，他才發現原本以為沒多亂的屋子，其實地上滿是碎片、破布、木屑什麼的。

等等，木屑？

陳霖覺得有些不對勁，總覺得屋子裡好像少了什麼……

「桌子去哪了？」

發現不對勁，他看向唐恪辛。

正在收拾的唐恪辛手一頓，說：「打爛了。」然後若無其事，繼續整理。

陳霖停下手來，盯著他。「就算是爛了，那爛桌子呢？」

「被他扛回去了。」唐恪辛站起身，隨手套起一個垃圾袋，「打輸以後，我讓那傢伙把爛桌子扛出去，幫我送一個新的來，總不能讓他白砸。」

陳霖目瞪口呆，「扛回去？」

「嗯。」

兩個幽靈正說著，敲門聲響起。唐恪辛提著垃圾袋去開了門。

門口，一個穿著黑色連帽外套的幽靈靜靜站著，只露出下半張臉。高大的身形配上這身黑衣頗具氣勢。

如果不是他肩上還扛著一張桌子……

黑衣人看見唐恪辛，退後幾步，將桌子擺好角度，從門外遞了進來，唐恪辛輕鬆地接過，隨手就放在身後。

看起來，這兩個傢伙都很有力氣。

「這個。」順便將手中的垃圾袋遞給對方，唐恪辛冷冰冰地客氣道，「麻煩幫忙扔一下，謝了。」

「等等，下一次什麼時候再和我——」門口的黑衣人明顯還想說什麼，卻被唐恪辛砰一聲關在門外。

轉身，唐恪辛將新桌子擺到原位後，對呆愣的陳霖道：「打壞了就要賠，這是規矩。」

剛才那個黑衣人，就是一直襲擊唐恪辛的傢伙？陳霖此刻卻覺得對方有點可憐，他這模樣，根本是被唐恪辛耍著玩嘛！

此時，屋子也差不多整理乾淨了，唐恪辛換了個話題。

「格鬥術，你要什麼時候開始學？」

「越快越好。」陳霖心想，他想盡快學會一些技巧，好去應付那變態的拾屍者訓練。

他終於能理解為什麼參加訓練還送十點了，這訓練根本不是正常人能應對的，十點根本太少了！

不過他哪知道，他所面對的難度是老妖特地安排的。其他幽靈的訓練，可不會像他這麼高難度。

「那就現在開始。」

唐恪辛看過來，眼睛在昏暗中透出一道流光。

「我會認真教你的。」

Chəpter 13

驚醒

陳霖早就知道唐恪辛是個高手，不僅如此，還是地下世界數一數二的高手。直到唐恪辛開始特訓他時，他才發現，自己太小看唐恪辛了。若以武俠小說中的詞語來表達，唐恪辛可以說是足以開山立派的宗師了。

達到宗師級別的不僅是他的實力，還有嚴苛的訓練要求。

「不，不行，再重複兩百遍。」

看陳霖打完一套基礎拳法，唐恪辛說道。

「你只是學會了招式動作，卻沒有把它們融會貫通。練習，直到你掌握它們為止。」

不得不說，如果讓唐恪辛去當老師，他絕對是史上最嚴厲的老師！

或許是看在陳霖白天還要外出的分上，第一次的訓練唐恪辛還是手下留情了，只讓他學了一套基礎拳法，並讓他重複練習，大概一千遍左右。

「以你的資質，並不適合成為一個出色的格鬥家，只要能自保就好。為了不隨便丟了性命，你必須完全按照我的要求去做。」

「隨時丟了性命？」陳霖有些不解，「地下世界這麼危險？」

「對於一般無所事事的幽靈來說，當然不是。但是對於開始瞭解它的真實的你來說，是。」唐恪辛道：「如果我沒猜錯，你已經開始進行某一個職業的訓練了。」

「是拾屍者訓練，難道這不是一般的工作培訓？」

「一般的工作培訓會讓你去殺人？」唐恪辛橫了他一眼，「地下世界的真正居民，都有自己的正式職業。比如我和剛才那傢伙，都屬於戰鬥組，其他還有輔助組和指導組等各種職業。這些職業代表我們的地位、實力，決定我們的命運。其他做著清潔和打雜之類工作的傢伙，只是這個世界最底層的螻蟻，隨時都可以替換。不會有人專門去針對螻蟻，但是我們不一樣。」

唐恪辛解釋道：「拾屍者，只是正式職業開始的第一步。你要是有實力，可以爬得更高。」

「爬得更高有什麼好處？」陳霖問，眸裡沉澱著某種情緒。

唐恪辛看向他，問：「你想要什麼好處？」

陳霖沉默不語，他不會在此時把想法說出來，即便唐恪辛可能早就猜到了——沒錯，他想回到地上世界。

老劉曾警告他永遠不要想著回去，管理者中也有人說這裡是一去不能返的世界。

而唐恪辛，這個強大得像開外掛的傢伙，讓他看到了希望。

只要實力強大，沒有哪裡去不得，哪怕是地上世界。

只要實力強大，可以獲得更多特權，可以獲知更多祕密。

陳霖一直想知道的一件事，就是為什麼他會被送到這裡來。他沒有特殊背景，沒有與眾不同之處，沒有做過什麼惹人關注的事，卻偏偏被送到這裡。

這不正常，而自古以來，事有反常必為妖。

陳霖覺得在自己被送到地下世界的隱情中，一定還藏著什麼不為人知的祕密。他想要知道這個祕密，想要回到陽光之下，想要……報仇。

這一切，都需要一樣東西，實力。

所以當唐恪辛問他想獲得什麼樣的好處時，他只是回答：「我只想變得強大，然後把屬於我的一切回過來。」

「野心不小。」唐恪辛卻問：「不過你又想要奪回什麼，誰又搶走了你的什麼？」

陳霖張口就想說，被搶走的可多了，自由、陽光、活著的權利……可是唐恪辛下一句話就打懵了他。

「沒有人能奪走你的自由，是你自己放棄了它。」說完這句，唐恪辛就不再理他了。

獨留陳霖一個人，還愣愣地想著那句話的含義。

這句話是什麼意思？

他看著唐恪辛的那張床想了半個晚上，還是沒想出來。

第二天，又到了去老妖那裡接受訓練的時候。早上起來時，唐恪辛已經不在屋裡，不知道又去哪了，他們的時間總是錯開。

然而這一次，在前往大廳的路上，他遇到了老劉。

看著老傢伙一臉堆出來的笑意，明顯是故意在等他。一看到他，陳霖的心情就好不起來。

「有事？」

「當然。」老劉笑咪咪地道：「這件事必須要通知你，畢竟事關你的隊員嘛。」

聽見這句話，陳霖輕顫了一下。

「昨天去做清潔員工作的那個小丫頭，不幸地遇上了大事件。」老劉看起來有些幸災樂禍。「她受了重傷，現在大概很可憐地躲在哪個角落哭泣吧。」

陳霖下意識地握緊了拳頭，心中的驚訝與憤怒慢慢轉化成一股黑色的火焰。

「你很開心？」

「什麼？」老劉一愣，不明白他突如其來的話。

「你很開心。」陳霖用了陳述語氣，「享受其他人的痛苦來取悅自己。許佳受傷你幸災樂禍，現在來告訴我則是想讓我愧疚自責。把自己所有的快樂都建立在別人的痛苦上，老實說，我應該很痛恶你這種傢伙。不過——」

陳霖挑釁地笑了。「我突然覺得你很可憐。你的唯一樂趣就是欣賞別人的苦難，這證明你本身就是個沒有快樂的傢伙。你永遠沉浸在痛苦中，只有看見別人過得更苦，才能稍微慰藉自己，我替你感到可悲。」

「你，你！」老劉臉漲得通紅，還有一絲被人看破的慌張。「好，就算我卑鄙無恥又怎樣？你又好到哪裡去，還不是為了明哲保身而沒有勸誡許佳！」

「我當然不是個好人。」陳霖打斷了他，「但我至少還是個人。」

「在這個地下世界，沒有誰敢說自己是個人，沒有！」老劉氣急敗壞。「你不自量力，遲早會明白……」

「就算我現在不是，至少我有想變回人類的念頭，而不是永遠在這裡當個行屍走肉。」陳霖繞過了老劉，沒有再向大廳走去。他走的是另一個方向，許佳的房間。

老劉在他背後，看著這個傲慢無禮的小子，怒火攻心。

「走著瞧，走著瞧，小子！」

陳霖決定先去看看許佳。

這個探望或許有些虛偽，或許已經遲了，但是他現在只想這麼做。許佳會陷入這種情況，他早有預感，沒有去阻止，是因為自顧不暇。原以為自己不會太過在意，然而聽到老劉說那些話時，他才終於明白，自己無法視而不見。

許佳不是路人，於公來說，她是自己的隊友；於私來說，她的存在是個提醒，提醒著他還是一個人類。是人，就會有弱點、有感情。

即使這些會帶來麻煩，但如果一個人類捨棄了這些，和一個披著人類皮囊的機器有什麼兩樣？

就像唐恪辛那樣。

只為殺戮而生存，根本不知道什麼才是活著。

有些地表上的人們看似活著，其實心早已死去。有些地下居民們看似死去，其實心還活著。

他便是如此。

陳霖越走越快，他從沒有如此清醒過。如果按照唐恪辛那些職業者的步調走，即使最後能重返地表，他也只不過是一個傀儡而已！

他想到了一個新方法，一個能夠堂堂正正回到地表的方法！誰也阻止不了他，他不會再受那些規則的脅迫了。

「沒有人能奪走你的自由，除非你自己放棄了它。」

此刻，他想起了唐恪辛的話，更加肯定了心中的計畫。

他的第一步，就是找到許佳，救治她。

Chəpter 14

我發誓

地下世界沒有自然光源，唯一的照明只有人造光源。

即便是這樣的火光，也是微弱昏暗，似乎隨時都會熄滅。

這是一個只屬於黑暗的世界。

陳霖走在狹長的走廊上，路上的燈盞一一掠到身後，燈火閃爍，明明暗暗，帶來一種迷幻的錯覺，彷彿是在時空隧道裡前行。

終於，他在一扇門前停下，這裡就是許佳的房間。

屋內靜悄悄的，沒有一絲聲響，似乎沒有人在。但是經過鍛鍊後，陳霖的嗅覺變得敏感多了，可以聞到屋內的血腥味。

剛想伸手敲門，陳霖便看見門隱隱開著一條縫，他猶豫了一下，還是直接推門而入。

屋裡比屋外更暗，一絲光亮也無。

「許佳？」

他輕輕喚了一聲，沒有人應答。

屋裡空蕩蕩，只有他自己的回音，安靜得好像沒有第二個人。陳霖知道，許佳就在屋內，他聽見了她的呼吸聲。

眼睛逐漸適應黑暗後，他才發現了許佳的位置。她就縮在牆角，像是一個受傷的動物般緊緊抱著自己。陳霖可以看見她左肩的傷勢，雖然大致包紮過了，但是紅色的斑點正一點一點地從繃帶上印出來。許佳太用力地抱著自己的手臂，傷口似乎又裂開了。

陳霖向她走近一步。

「妳……」

「不！不要！」許佳歇斯底里地大叫起來，「不要過來，不要過來！」

黑暗中的她簌簌發抖，把每一個接近自己的生物都當成敵人，對於陳霖，她更是滿臉怨恨。

「為什麼！為什麼是我！」

「為什麼沒有人來救我！」

「為什麼你沒有提醒我！」

陷入癲狂狀態的許佳怒吼著。

這個平日裡開朗活潑的女孩，已經完全沉浸在負面情緒裡了。陳霖止住了腳步，靜靜等著她平復情緒。

她緩緩抬起頭，看著陳霖。

「昨天，我去做了清潔員的工作。」

陳霖安靜地聆聽者，許佳平靜的語氣裡隱藏著瘋狂。

「去之前，我根本不知道，竟然會有那麼多屍體，有那麼多那麼多血。」

陳霖恍然，看來許佳接到的也是公共清潔員工作，和他那天一樣是負責處理屍骸。

「我好怕，那麼多血在地上，好多人睜著眼。他們躺在地上，死不瞑目地望著我。」許佳的聲音在發抖，「好像是在問為什麼死的不是我，為什麼我不陪他們一起死！

「我好想逃，但是我不敢，我只能壯著膽子和其他人一起抬屍體。其實我一點都不想去碰那些死掉的人，我怕他們突然跳起來，把我一起帶走，我真的好害怕！

「那時我就想到，回去以後一定要告訴隊長，不要再做這些工作了！我們安安分分就好了！」

陳霖心裡一驚，他沒想到許佳竟然還會想提醒自己。他呢，無論什麼時候，第一個想起的都是自己。

相比起來，他就是這麼自私。

「妳……」陳霖的喉嚨有些乾啞，「身上的傷是怎麼回事？」

許佳看著他，低低笑起來。

「因為我不小心把抬著的屍體掉在地上，摔掉了它的腦袋，這是懲罰。」

清潔工作失誤會有這樣的懲罰？

「我是故意摔壞的。」許佳的聲音突然低得有些詭異，「我故意摔掉它的腦袋，大概是被他們看出來了吧，所以才懲罰我。」

「故意？」

「是啊，因為我討厭它的眼睛。它死死地盯著我，好像殺了它的人是我，好像要拉我去陪葬！我不願意，只能讓它再也不能盯著我。」許佳的聲音低啞。「我做到了，但是也被懲罰了。」

陳霖明白她的感覺，當初他也被那些屍體陰沉沉的眼睛看得毛骨悚然。

他們怕的不是屍體，而是屍體帶來的某種警示，來自死亡的威脅。

「後來老劉告訴我，你早就知道這工作是這樣，是嗎，隊長？」

對於許佳的質問，陳霖沒有否定。

「是的，我知道。」

「你沒有告訴我！」許佳似乎憤怒了，「你明知道有危險，卻不警示我！虧我那麼相信你，那麼……」

「那麼想要利用我？」陳霖反問。

許佳瞪大了眼，似乎不敢相信陳霖會這麼說。「你怎麼……」

陳霖覺得自己需要提醒一下這個可憐的女孩，在地下世界，沒有人有義務要對她的安全負責。

「僅僅因為妳犯錯受傷，而我沒有提前告訴妳這份工作的危險，我就必須對妳心懷愧疚，任妳發洩嗎？」陳霖道：「我不是妳的父母，沒有義務保護妳。許佳，或許妳當初跟著我是因為覺得我能保護妳，現在妳失望了，是嗎？」

許佳愣住了，像是被說中想法似的，無法開口辯解。

「我第一次做這些任務時，沒有任何人給我警告，我又該去怪誰？許佳，妳之所以受傷，不是因為我做錯什麼，而是因為妳自己。」陳霖緩緩道來，「妳要對自己的行為負責。」

許佳平日裡活潑的模樣，只是暫時壓抑了心底的不安和惶恐。這次的事件算是一個發洩口，比起讓她一直壓抑，陳霖寧願她發洩出來，以免日後變成像老劉那樣的傢伙。

「難道你一點錯都沒有嗎？」許佳憤怒了，「你沒有提醒我，這難道不是事實嗎？」

「是事實。」陳霖沒有迴避她的憤怒，「但是我後悔了。我承認我害怕過老劉，害怕這個地下世界，所以放棄了妳，以為保住自己就沒事了。但我發現我錯了，很多事情是不能放棄的。」

他眼裡閃過一道光，像是點燃黑暗的火種。

「我現在才明白，一個人的力量改變不了什麼。」他說著，向許佳伸出手，「妳願意重新給我一次機會，讓我幫助妳嗎？我要離開這裡，我需要同伴。我發誓，不會再放棄任何一個人，也不會像這次一樣不給妳警示。我會幫妳訓練，適應這裡，一起變強。許佳，妳是要繼續憎恨我，還是選擇和我合作，一起改變我們的處境？」

眼中的憤怒被驚懼替代，許佳不可思議地看著站在眼前的人。

他眼中沒有羞愧、沒有欺騙，只有一片坦蕩。這個本該與她反目成仇的人，竟然向自己遞出邀請，所籌謀的事更是駭人聽聞！

「你瘋了！」她道。

陳霖瘋了嗎？他自己也這麼認為，因為他心裡有一個更大的計畫。

噓，還不能告訴任何人。

唐恪辛隨手扔開匕首。

上面沾滿太多骯髒的血，他已經不想再碰了。

這個房間裡的人已經沒有價值，他這一次的工作就是清理他們。為了不弄髒長刀，他隨意找了一把匕首來完成任務。

是的，這只能用屠殺來形容。對付一幫手無縛雞之力的人，這次的工作一點意義都沒有。

他心裡莫名地感到煩躁。

「嘿，老七。」門邊站著的一個人影笑著說，「動作還是一如既往俐落啊。」

唐恪辛從房間內走出，看都沒看他一眼。

人影似乎不以為意，只是看著屋內一堆堆失去生命的屍體，感嘆了一聲。

「一無所獲。這一次，還是沒能從這些地表間諜身上挖到什麼。嘖，現在的拾屍者都是幹什麼吃的？弄不到情報就算了，竟然還用這些珍貴的資源來訓練新手。」

唐恪辛突然停住腳步。

訓練新手？

他終於知道，昨天陳霖的血腥味是怎麼來的了。

「那個新手在這裡殺了人？」唐恪辛突然問。

「是啊，殺了好幾個，膽子也夠大，不知道以後有沒有用處。」

聽到這裡，唐恪辛心裡更煩躁了。

想到陳霖曾經站在這間屋裡和自己一樣屠殺過這群半廢的人，他心裡就像堵了一塊石頭。

陳霖的改變超出他的控制，他不喜歡這種感覺。

Chapter 15

威脅

來到地下世界前，許佳不過是個普通的女孩，容貌一般，智商一般，唯一不一般的大概就是家庭環境。

她是一個有名富豪的私生女。就像大多數電視劇裡的發展，她在這個家族過得並不快樂，兄弟姐妹的鄙夷、父親的不重視、母親的懦弱，都讓她過得極度壓抑。她只想安安穩穩地過日子，卻被束縛在家族的龐大囚籠裡。

為了更好地生存下去，長久以來，她養成了一個習慣——作為一個弱者，尋找強者的羽翼去依附。這能給她帶來安定的生活，也告訴別人其實她並沒有什麼野心。

然而好日子在她二十歲生日時結束了，雖然一再示弱，家族裡總還是有人看她不順眼。在生日第二天醒來，發現自己處在一個完全陌生的詭異世界，許佳驚慌萬分卻也早有所料。

她註定要當一個被擺弄的傀儡，而現在這個傀儡被丟棄了，她必須習慣。

首先，要找一個新的依附者，許佳第一個看上的便是陳霖。然而這一次，陳霖並沒有給她提供保護，給她所謂的依靠，而是直接把她丟進危險中。

許佳驚慌不已，她不是驚訝陳霖的放棄，而是自己竟然會感到憤怒！被人拋棄不是再常見不過的事了嗎？為什麼當對方是陳霖時，她心底會湧出這麼大的怨憤？

也許在她心中，陳霖和以前的依附者是不同的，是……可以信賴的人。現在這個曾經拋棄過她一次的人，竟又堂而皇之地開口。

「妳要加入我嗎？」

面對陳霖的再次詢問，許佳回以嘲諷的笑容。

「你要我怎麼相信你不會再放棄我？而且你那匪夷所思的計畫，誰又知道會是什麼結果？我可不想和你一起去死。」

陳霖思索了一下。

「關於妳該不該相信我，這點我說再多也沒用，妳可以暫時跟在我身邊，然後隨著時間自己做出判斷。再來，我的目的其實很簡單，就是重回地表。」他看著許佳眼中的憤怒和悲傷，激問道：「難道妳不想回去？回到陽光下，堂堂正正地活著，自由地呼吸，隨心所欲地奔跑，去報復那些將我們送來的人。妳都沒想過嗎？」

「當然有！」許佳被他的眼神激怒了，不假思索道，「每分每秒我都想報復那些人，可是這有什麼用？憑我們兩個能做到什麼？」

她用力敲著身旁的牆壁。

「我現在甚至連這個房間都不敢出去！」

陳霖靜靜地看著她。

「光想不做當然沒用，但如果連思考都不會，我們也算行屍走肉了。這個世界上，沒有做不到的事，只有不敢做的事。」

意識到今天說得夠多了，陳霖準備離開，留更多時間讓許佳考慮。

「如果妳想明白了，就來找我。」離開之前，他留下了最後一句話。「至少，我已經摸索到能夠離開這裡的方法。」

門再次關上，昏暗的屋內又只剩許佳自己。

女孩無聲地蹲在牆角，緊緊抱著自己的雙臂。現在她無依無靠，沒有誰能保護她，陳霖卻給了她一條嶄新的路——想重新獲得生命嗎？需要妳自己努力。

她究竟該如何選擇？

在許佳那裡耽擱了一段時間，等陳霖到老妖那邊時，已經有點晚了。

「遲到十五分鐘。」老妖看著時間道，竟然沒有責怪陳霖。

「今天的培訓和昨天不太一樣，要教你一些簡單的辨識資訊的方法，跟我來。」

老妖再次走向電梯。

陳霖看他心情還不錯的樣子，不禁覺得奇怪。

「你不生氣？」

「生氣？你希望我生氣？」電梯裡老妖似笑非笑地看著他，「我生氣的理由是什麼，你威脅到我了？還是你奪走了我的飯碗？如果你有做以上的事，我倒是會立刻生氣。」

「沒有，但是我遲到了。」陳霖道，「我沒有遵守時間。」

「哦，看不出來你是個守規矩的傢伙。」老妖漫不經心道：「的確，如果是其他傢伙讓我等那麼久，我肯定會有些不爽。不過，你不一樣。昨天吃了那麼多苦頭，要是你今天還能沒事人般地準時趕到，我心裡才會不舒服呢。」

陳霖聽出他話裡隱含的意味，抬眼看了老妖一眼。

老妖對著他的眼神，笑道：「你是個有潛力的新手，也就是我未來的競爭對手。我當然不會期望你是那麼嚴格自律的性格。當然，要是你最後淹沒在人群中，沒有混出名堂，對我來說是再好不過了。」

陳霖低著頭，看不清表情。

「我不覺得我會對你產生威脅。」

「不，你會。」老妖篤定地道，「從你的眼神看出來，你是個有野心的人。我最討厭這樣的人了。哦，哈哈，抱歉，現在該說是幽靈了，不然又要被那幫老鬼們囉嗦……」

老妖自言自語著什麼，陳霖沒有聽清。不過老妖剛才的那番話，卻讓他心底有些駭然。自己表現得那麼明顯嗎？隨便一個人都能看出他的心思。

看來他還是得好好收斂才行。

這一天的訓練沒有昨天那麼驚悚駭然，只是要讓陳霖記住很多細節性的東西，比如從一個人的穿著打扮看出他的社會地位、性格、愛好等，相當於偵查訓練。不過由於要記住的東西實在是太繁瑣複雜，陳霖反而比前一天還要疲憊。離開前，老妖還將一本厚厚的冊子交到他手裡。

「明天要測試上面的內容，回去記得看看。」他笑咪咪地道，「要是你不及格，我也無所謂。」

他這麼一說，陳霖更不想輸了，他決定要將上面的內容背得滾瓜爛熟。

本來打算回去後的第一件事就是背書，然而事與願違，當他回到房間，打開門時，懷中的書冊差點掉到地上。

「你回來了？」坐在桌前的兩個幽靈齊齊回頭看他。

「這是來找你的。」

「她是來找你的。」

他們幾乎是異口同聲道。

陳霖看著坐在桌前的兩個傢伙，以及他們面前還冒著熱氣的菜餚，有些頭疼。

「既然是來找我，為什麼會在這裡吃起飯來？」

「因為順手，多盛了一碗。」唐恪辛道。

「因為順便，就多吃一碗。」許佳道。

「沒想到你有這樣的室友，包吃住起居，你簡直是生活在天堂裡嘛，隊長。」許佳像個沒事人一樣調侃著陳霖。

唐恪辛在一旁若有所思，也點點頭道：「我還負責訓練他，一定程度內保護他的安全。」

許佳震驚呼道：「這麼說我們隊長簡直賺翻了！」

「好像是。」

「夠了，你們兩個！」陳霖覺得頭痛，「我和唐恪辛這樣的相處模式是有條件的，不是無償的。還有許佳，妳來找我有什麼事？」

「什麼事？當然就是你之前說的事情了。」許佳道：「我想了一整天，還是沒想通。」

「那妳來幹嘛？」陳霖有些忍不住自己的青筋。

「既然想不通，我決定先做再說，有時間在那邊空想，不如先跟著你實幹看一看效果。」許佳道，「所以從此以後，我就徹底是你的人了，隊長！」

陳霖有氣無力。「不要說得那麼曖昧。」

唐恪辛面無表情地贊同陳霖。

「妳不是他的人，他是我的人。」

一語畢，原地多出兩座石像。

唐恪辛接著道：「我負責訓練他，他負責提供我一個穩定的同居關係。我們兩方相當於訂下契約，要對彼此負責。所以他是我的契約人，不是妳的。」

「我怎麼覺得好像聽懂了，又好像沒聽懂？」許佳疑惑地問：「隊長，你們究竟是什麼關係？」

「簡單的同居關係而已。」陳霖咬牙切齒道，「妳吃完了沒，吃完了先回去，我明天再找時間把其他事情告訴妳。」

「今天呢？」

「今天我很忙。」

很忙？許佳看著有些不耐煩的陳霖，再看著坐在原位沒動，卻默默散發出逐客氣息的唐恪辛。恍然間，她似乎明白了什麼。

「好的，那我先不打擾你們了。隊長，你們慢慢來，我先告辭。」

「這傢伙究竟是來幹什麼的？」陳霖看著急急忙忙地離開、和之前宛若兩人的許佳，實在是一頭霧水。

「不管她來是做什麼，走得正好。」唐恪辛突然道，「我有話要問你。」

「什麼？」

「你決定要繼續做拾屍者的訓練嗎？」

陳霖有些意外。

「和你有關嗎？」

「當然有，這關係到未來我對你的態度。」唐恪辛正色道：「如果繼續，你以後很可能會成為我的敵人。」

Chapter 16

殺氣

「這已經是今天第二次有人對我這麼說。」

陳霖突然開口。

「我不知道是什麼原因讓你們這麼認為，但我本身並沒有這個打算，也不可能威脅到你什麼。」

唐恪辛搖頭，「你的存在就是一種威脅。」

「哈。」陳霖冷笑。「你的意思讓我索性消滅自己？抱歉，這我做不到。對於一個新手都如此防備，你們這些高等級的幽靈是不是太患得患失了？」

「我們只是對於危險比較敏感。」唐恪辛道，「因為每時每刻都必須與它作戰。」

「你的意思是，對你們來說我就是危險。」

「可以這麼說。」唐恪辛問，「如果你是想要獲得自保的能力，我可以教你一些格鬥技，不用非要去參加拾屍者培訓。」

陳霖沉默片刻。

「如果我說不呢？你要抹殺我嗎？」

陳霖看著唐恪辛，等待他的回答。

「我不知道。」唐恪辛看起來有點猶豫，「我看得出來你眼中藏著的野心，卻猜不出你想做什麼。」

「一個個都這麼說。」陳霖低咒般地說了一聲。

「什麼？」

唐恪辛耳朵動了動，「另一個這麼說你的，是誰？」

「你不認識。」陳霖有些不耐煩。

「這裡沒有我不認識的幽靈。」唐恪辛面色不豫。

「訓練我的指導組老妖，你認識嗎？」陳霖問。

唐恪辛皺著眉思考，「有點耳熟，沒什麼印象，應該不是太厲害的角色。」

「哈哈。」陳霖笑出聲來，「這句話我明天一定要如實轉達給他，他臉色一定會很好看。」

說起來，能被唐恪辛記得的應該都是厲害角色，而唐恪辛本身更是實力不俗。與這樣的人做室友，還被當做潛在威脅，陳霖覺得自己真應該感到榮幸。

事實上，他一點都高興不起來。他是有著自己的小計畫沒錯，但是計畫還沒展開，就被這麼多幽靈看出眉目，這可不算好事。

陳霖看向唐恪辛，剛才就是他親口說出「敵人」這個詞，還讓他驚得心臟漏跳了一拍。

可是現在，唐恪辛卻像是說過就忘，一點都沒有剛才殺氣騰騰的模樣。

「說起來，我也有一件想問的事。」陳霖稍微放下警戒，問道：「為什麼你和老妖都能看出我有所圖謀，難道我表現得那麼明顯？」

「這句話，你問過那個老妖沒有？」

「沒有，我不相信他的回答。」陳霖如實作答，「但是他說是從我眼中看出來的。」

陳霖覺得自己把情緒隱藏得很好，偏偏這些幽靈們個個都能看出他心中想法。先是老劉，然後是老妖，再是唐恪辛。

唐恪辛看過來，凝視著陳霖的雙眸。

「從眼睛的確能看出很多。每一次揮刀時，我能從那些人眼中看到害怕、憤怒、憎恨。在這個地下世界，看到最多的就是麻木絕望。但是你的眼睛裡，沒有這些。」唐恪辛一字一句道，「第一次來到這個地下世界的人，只有你沒有迷惑、沒有害怕、沒有畏縮。你眼底的光出賣了你。一個不知道害怕的人，才是最可怕的。」

陳霖伸出手，輕撫自己的眼角。

「幽靈們都能看得這麼清楚嗎？」

「因為我們生活在只有黑暗的地底，當出現一抹光時，會覺得格外刺眼。」唐恪辛低聲問：「你究竟想在這裡做什麼？」

「如果我說我什麼都不會做，你信不信？」

「不信。」

聽見他如此直截了當地回答，陳霖無奈地苦笑。「事實上，我自己也不知道。來這裡以前，我每天都忙著工作。來這裡以後，我只想過回從前的日子。現在，我已經不知道自己想要的是什麼了。」

唐恪辛靜靜地看著他。

「我曾經想挽回家人和自由，也曾經想報仇。直到一秒鐘之前，我還是這麼想。」

「現在不是？」唐恪辛問。

陳霖搖搖頭道：「不知道，只是我突然想起一件事，在你說到眼睛的時候。」

他的眼睛是深棕色，比一般人更深一點，但還不是黑色。唐恪辛的眼睛倒是黑色的，幾乎透不進光。

「你沒有從我眼裡看到畏懼與退縮，是因為我將它們藏得很深。你沒有在我眼裡看出麻木，是因為……」

陳霖頓一頓，「是因為我早就麻木到習慣了。還活著的時候，每天為了薪水而努力工作，因為沒有成就，甚至過年過節都不想回家面對親人。那時的我，只是和其他生活在都市裡的人一樣，生存著而不是『活著』。」

他接著道：「當失去一切後，我才驚醒。想重新回到地表，甚至覺得陽光很珍貴——這在以前是根本不會想到的事。其實我也被這個地下世界改變了，現在的我才更像是一個『活著的人』。

「怎麼樣才算是活著？」陳霖自問自答，「是以前那個沒有目的、不去關心周圍、對世界麻木的我？還是現在，野心勃勃地想做些什麼、有目標、有動力、能夠更加珍惜這個世界的我？」

唐恪辛問：「有什麼區別嗎？」

「以前活著的只是一個『人』，現在活著的才是『陳霖』。」

見唐恪辛面露不解，他嘆口氣又道：「用你的話來說，自由不是被人奪走，而是自己放棄。同樣的，生命和活著的權利也不是被地下世界奪走，只是被心底的畏懼掩埋了。」

「我不知道你說的話是什麼意思。」唐恪辛冷漠道：「只是現在的你，比之前更加危險。」

他說完這句話，斂起的殺氣放了出來。陳霖只是站著，卻覺得自己正被一個可怕的怪物給盯上。

唐恪辛的眼睛是黑色，毫無情感。

陳霖的喉結上下翻滾了一下，問：「要殺了我嗎？」

「正在考慮。」

「可是我還不想死，怎麼辦？」陳霖歪了歪腦袋，「提一個折衷的意見如何？如果擔心我會做出什麼危險的事，與其煩惱是否要殺我，什麼時候殺我，不如你來監視我的一舉一動，這樣隨時都可以作出決定。」

陳霖道：「你可以做個見證人。監視我在這裡的一舉一動。」

「……你想做什麼？」

唐恪辛又問了一遍。

「不知道。」陳霖笑一笑。「很多很多，也很少很少。我想用自己的眼睛看一看這個地下世界，看看它是什麼，它有些什麼。」

「那很難。」唐恪辛道。

「我知道，所以可以慢慢來。」陳霖輕聲道：「至少我現在知道，這個地下世界有一個你，還有很多和你一樣的幽靈，我想知道它還有什麼。」

「和我一樣的不到十個。」唐恪辛莫名有些不滿，「沒有那麼多。」

陳霖被他反駁得哭笑不得，「那麼，你可以暫時不考慮殺我，做我的見證人嗎？」他擺出一個籌碼。「像我這樣合適的室友，不是十分難得嗎？你可以繼續留著用。」

唐恪辛似乎在考慮。

「我可以幫你試吃。」

「我可以忍受你的怪……嗯，你的一些習慣。」

「我也對你半夜出門，帶著一身血味回來毫不介意。」

「這樣不挑剔的室友，你還能去哪找？」陳霖眨著眼，「錯過就沒有了。」

唐恪辛做出了決定。

「我似乎不該現在就殺你，你毫無反擊之力，除掉你易如反掌。」

陳霖微笑，「既然易如反掌，何必急於一時？」

唐恪辛最終道：「我答應做你的見證者。」

危機再次解除，陳霖總算鬆了口氣。此時，肚子不適時宜地響了起來。剛才的一番對話和緊張氣氛，讓他的饑餓和疲勞感都抵達到頂峰。

唐恪辛聽見這個聲音，看著桌上涼掉的飯菜。

「要幫你熱一熱嗎？」

「感激不盡。」

兩個幽靈又回到了平時相處的模式，唐恪辛下廚，陳霖坐在一旁等待。

「這個是什麼？」唐恪辛見他手中拿著的書冊，問。

陳霖舉了舉它。「明天有一場考試。」他笑著說：「我突然很想知道，如果我測驗全部通過，老妖臉上會是什麼表情。要不要幫個小忙？」

唐恪辛說：「可以考慮。」

這是陳霖在地下世界新的開始，他和一個怪物結成了同盟。

Chapter 17

名為生存的遊戲

老妖來到這個地下世界已經三年了。

在此期間，他從一無所知的菜鳥成長為指導組的一分子。這中間吃了多少苦，流了多少血暫且不提。總之，他對自己的付出和收穫還算滿意。畢竟在地下世界的眾多幽靈中，能達到他如今地位的千不足一。

直到眼前這個傢伙出現為止。

老妖合起手中卷子，皮笑肉不笑地看向對方。

「完美，完美。就算是我也沒想到有誰能滿分通過測試，你是第一個。」

陳霖不置可否道：「那只代表以前的傢伙都太笨了。」

眉角輕輕抽搐了一下，老妖笑著道：「不，這代表你比我想的還有天分。以後說不定會成為更厲害的角色，我在想……」他拖長了語調，「是不是要趁你還沒有完全成長的時候，將你抹消掉比較好？這樣大家都比較安全。」

「這樣我不安全。」陳霖抗議。

「好像也是，對你也有點不公平。而且培訓期間傷害學員的話，會損害我的名聲。」老妖像是突然發現這一點似的，有些遺憾道：「只能再等等了。」

「今天的測試已經結束了，我可以回去了嗎？」陳霖沒有心情再繼續待在這裡看老妖發瘋，他今天的目的已經達到了。

「可以是可以，不過每天都這麼急著回去，你房裡是有個美嬌娘在等你嗎？」老妖調笑般地問。

陳霖早已經轉身走向出口。

「美嬌娘沒有，『廚娘』倒是有一個。」

「什麼？」

老妖疑惑，想要再問些什麼，陳霖已經走出大廳了。

「哎，走得這麼急。」看著空無一人的大廳，老妖故意失落地嘆了口氣。「虧我還有一個好消息準備告訴他。算了，反正他回去也會知道，就當做驚喜好了。」

可疑的怪笑聲從身後傳來，陳霖隱約聽見，回頭望了一眼。

「怪胎。」

他低喃一聲，像是突然想到什麼，轉了個方向。

陳霖向任務大廳走去，他想看看自己的排序和點數。這能讓他清楚自己現在的位置，也有一個繼續努力的目標。

U-Y82，198。

這就是他現在的等級排名和點數，看起來離升到A或B級仍然遙遙無期。

想起唐恪辛的排名，陳霖只能望洋興嘆。這傢伙究竟在地下世界生活了多少年，才有現在這樣的地位？不，如果是他，說不定隨手做幾個任務就能升級了。

陳霖有些出神地想著。

「喂，隊長！隊長！」

許佳見遠遠地喊陳霖沒有反應，便飛奔過來，伸出手要拍他的肩膀。然而原本還站在原地不動的陳霖，像是突然察覺到她的接近，迅速地轉身避過。

陳霖的右手手指微微顫動，剛想反擊，看清來人後停了下來。

「妳怎麼在這裡？」

許佳至今還站在原地，不可思議地看著自己想要拍陳霖肩膀的那隻手，再看一看他。

「天啊，隊長，你是什麼時候練了這樣的絕世武功？簡直就像武俠小說中那些聽聲辨位的大俠！」

看著這姑娘閃爍的眼眸，陳霖無奈地嘆了口氣。

「只是培訓的成果而已。」他半真半假道：「很多高等幽靈比我厲害。」

「真的嗎？那隊長你家裡的廚娘呢？」廚娘這個稱呼就是從許佳這裡傳出來的，她說得很順口。

敢幫唐恪辛那種沉默寡言、看起來不好惹的人起外號，陳霖還滿佩服許佳的粗神經。

「他不屬於一般等級。」陳霖好心地解釋道：「簡單地說，如果這個地下世界是一個巨大的食物鏈，我們都還在最底端奮鬥，而唐恪辛……」

「他已經是最頂層了？」許佳插嘴道。

「不。」陳霖低聲道：「他或許已經超出食物鏈，不再被這個世界控制。」

「這麼厲害？」許佳喃喃念叨著。

就在陳霖以為她已經弄清楚唐恪辛的可怕後，她又丟出一句。

「竟然能讓這麼厲害的角色當你的保母兼廚娘，隊長，你太厲害了！」

「我……」看著許佳，陳霖實在有點無奈，「話說回來，妳來這裡幹什麼？」

他放棄解釋了，就讓她繼續誤會下去吧。

「哦，對了，我有正事找你。」許佳壓低聲音，左顧右盼。「自從隊長你說了這裡的等級和各種職業培訓後，我就一直在想一個問題。」

見她神祕兮兮的樣子，陳霖也不由自主地放低聲音，問：「什麼？」

「你覺不覺得……這裡很像遊戲世界？」許佳的聲音帶著些克制，「幽靈、神祕的系統、等級、各種職業等等，就像一個擬真的網路遊戲，而我們就是被帶到這裡的玩家。這樣一想，不覺得很有趣嗎？」

陳霖有些無奈，剛想說些什麼，腦中猛然閃過一個念頭。

遊戲，是的！

他們就像是遊戲角色，被放到新的世界，是死是活都看各自運氣。操作遊戲的人則享受他們的掙扎與嚎叫，利用他們的力量，旁觀他們的死亡。

遊戲製作者的目的是什麼？無非就是遊戲的趣味性，以及遊戲能為他們帶來的利潤。

陳霖現在，正站在遊戲的初始點。黑暗中某個角落，一雙名為「造物主」的眼睛正默默注視著他。

「隊長？」許佳發現陳霖又出神了，有些無奈地道：「總之，既然它這麼像網路遊戲，我就想找個職業好好專精，就來這裡選擇職業培訓了。」

職業培訓這個詞喚醒了陳霖，他問：「拾屍者？」

許佳連連搖頭，「那種變態的訓練我才不要參加。」她之前已經聽過陳霖的描述，對老妖的訓練方式難以接受。

「我選擇的是替身訓練，聽名字應該沒那麼激烈。」許佳道：「我可以試一試。至少，我不願意做一個因害怕而卻步的人。」

他們說這句話時，老劉正好走進來。這個心思狡詐的幽靈老手最近似乎憔悴了不少，尤其是看見陳霖和許佳站在一起後，更是一臉不可置信。

許佳笑出聲來，「我可不想變成像那傢伙一樣。」

陳霖點頭贊同。

分別前，他對許佳警示道：「培訓小心。」

「知道了，隊長。」

之前他覺得隊長這個詞只是個稱呼，現在卻感受到這個職稱的責任和壓力。許佳是他第一個隊友，也是他第一個同伴。要想在這個危機潛伏的遊戲裡過關，單靠自己是絕對不可行的，伙伴們十分重要。

更何況，他還有一個怪物盟友。

這位盟友，每次都能帶來驚喜。回到房間，陳霖看著屋內的巨大包裹，以及穿著圍裙正在忙碌的唐恪辛。

「這又是你的新玩具？」

手拿鍋鏟的唐恪辛俐落地翻炒著，眼神犀利，動作就像是他在揮刀殺人時那樣迅速簡潔。

唐恪辛頭也不回道：「是給你的。」

「我？」陳霖驚訝。

「看來你的拾屍者培訓已經告一段落。」將菜裝盤，穩穩地扔到桌上，唐恪辛道：「包裹上有一封信，信裡面有寫你的結訓測驗內容，通過了就是正式的拾屍者。」

說完，人又轉身忙碌去了。

信？

陳霖走近，拿起信翻閱。

致U-Y82：

請於明日十時在大廳集合，參加這次的孤島行動。

很簡短，資訊很少，陳霖卻愣住了。

「孤島？」唐恪辛不知什麼時候站在他身後，透過他的肩膀看著信上的字。

「很巧，這次我也去。」他若無其事地嘀咕，「不知島上有沒有食物，可以順便帶點回來。」

陳霖回頭看他。

「孤島？這是去地表？」

唐恪辛看著他，靜靜道：「不然你以為，這地下哪裡會有島？」

孤島行動，顧名思義是一場地下住民們襲擊地表的行動。

這是到地下世界以來，陳霖第一次有機會離開這裡。

他情緒激動，抓著信函的手指甚至微微發抖。

這是他第一次踏回地上世界，是他第一次觸及地下世界的真實！他會發現什麼，會做到哪一步？

一旁，唐恪辛看著他，靜默不語。

Chapter 18

東雲島

東雲島距離大陸三百多海里，是很久以前海底火山活動形成的海島。島上居民們的祖先，都是兩三百年前從大陸避亂而來。經過數百年的繁衍生息，難民們的後代已經適應海島生活，成為了海上部族。

時值冬日，北方氣候陡然下降至零下二三十度，連大海都結了一層厚厚的冰。靠捕魚維生的東雲島，就被孤立在大海中，甚少船隻往來。

幸好島上配有無線信號通訊器，可以定時與大陸聯繫，每週都有破冰船前來，為島上居民們送來新鮮的蔬果和糧食。

馬順踏著厚厚的積雪走出屋子，去屋外搬柴，順便查看一下放在院外的漁具有沒有被野獸咬壞，他明年開春出海，還要靠這傢伙吃飯呢。

積雪積了厚厚一層，人走在雪地裡，連邁個步子都很困難。

「這雪下得很大啊。」馬順感嘆了一聲，四下裡皆是白茫茫一片。

現在正是傍晚，家裡人要做飯，柴火不夠，馬順的妻子便打發他出來搬柴。

大雪足足下了一天一夜，整個村子的人都窩在家裡，路上一個腳印都沒有。

馬順嘆著氣，搓了搓手，準備開始搬柴。可是搬了一會，馬順感到有些不對勁。

奇怪，左邊的柴堆是不是矮了一點？該不會是有人來偷他辛辛苦苦砍的柴吧？

馬順走過去細看，下一秒便大罵起來：「誰家的野小子！把我家柴火撞翻了！」左邊一側的柴堆矮了許多，竟然是散了架，零零散散地掉在雪地上。馬順只以為是誰家的小孩調皮搗蛋，沒當一回事，彎下腰將散了的柴火撿起。

一根、兩根、三根……撿滿半懷，馬順再次低頭時，看見雪地裡好像有什麼東西。他疑惑地用手碰了一下，便感覺到冰冷僵硬的觸感，硬得像石塊一樣，再仔細看，那紋路卻不像是石頭，倒像是……人的手指！

馬順心裡涼了下來，他小心翼翼地掃去表層的雪。慢慢地，一隻彎曲又僵硬的手臂被他掃了出來，在這隻手臂下面，似乎還連接著什麼。

馬順瞳孔放大，踉蹌地後退幾步。

下一秒，淒厲的吼聲響徹冬日村莊。

「來、來人啊！死人啦！」

聲音在冬日曠野中，傳得格外遠，不過傳到山林裡面，由於樹木的遮擋，只隱隱約約地聽見人的聲音，分辨不出是什麼內容。

陳霖撣了撣樹枝上掉到身上的雪，皺眉，看著山下。那裡隱約地可以看到有一個小村莊。

「什麼聲音？」

「呵，是山裡的野獸吧。」他身後走上一個人影，老妖看了看林子，又看了看外面，「今天我們先在這裡過夜，晚上去那村子附近繞一繞。」

「沒有別的行動嗎？」陳霖問。

「別的行動？別的行動是其他組的事，我帶著你這菜鳥能做什麼？」老妖嘲笑著道：「我們只能在戰場外面巡邏，再幫他們清理一下戰場。其他的與我們無關，不要多事，明白嗎？」

陳霖無聲地點了點頭。他現在毫無經驗，更沒有發言權。

此刻，天完全暗了下來。陳霖跟在老妖後面小心地清掃出一塊空地，做駐紮營地用。

就在半天前，他才被蒙著眼從地下世界帶出來。

重新回到地表那一刻，即使眼睛上蒙著黑布，他仍能感覺到陽光照在臉上，那麼溫暖，那麼美好。

等他被允許摘下遮眼布時，太陽已經下山了，只留下夕陽的尾巴和幾縷被映紅的晚霞掛在最西邊的天空上。

陳霖直直望了好久，才感到自己激跳的心臟漸漸平復下來。

這是他時隔一個月，再次呼吸到新鮮空氣，再次見到外面的天空。沉浸在興奮中的陳霖，直到回過神時才發現，他身邊只有老妖一個同伴。

不知何時，他們已經身在這座海中孤島上。

「喂，站著發呆幹什麼？」

老妖將一包東西扔了過來，「穿上它，一會出去串一下門。」

陳霖把手中的包包翻了翻，發現是一包衣服，應該是行動特製的服裝吧。

換好衣服後，陳霖看著老妖，再看了看自己身上和他別無二致的衣服。

沉默一陣後，出聲問：「這是我們的工作服？」

前方的老妖回過頭，得意地晃了晃腦袋道：「怎麼樣，帥吧？」

帥？

黑漆漆的外衣和面罩將整個身體遮住，只在眼睛那裡透了兩個洞。特製的紅色眼鏡在黑暗中散發詭異的光，這身裝扮在大半夜走出去，活人會被嚇死吧。

不過倒是很符合他們的幽靈身分。陳霖有些自嘲地想著，也拿出紅色眼鏡戴了起來。

戴上去他才嚇了一跳，原來這是一個紅外線感應裝置，透過它看到的是另一個世界。在這個世界裡，只有代表著不同溫度的顏色。

紅色或橙色，代表著溫度較高的熱源。

綠色，代表有溫度的物體或植物。

藍色則是冰雪、石頭，還有死人。

陳霖下意識朝自己身上看了一眼，在看到滿眼的紅與橙後，不知怎地，心裡稍稍鬆了口氣。

「收拾好了？出發。」老妖在前方探路，同時提醒道：「我們這次只是在村子附近轉一圈，不是主要行動組，不要惹人注意。」

陳霖點了點頭，問：「這一次拾屍者就我們兩個嗎？」

「兩個就夠了。」老妖淡淡道。

不知為何，陳霖覺得他的話裡帶有狠厲味。

半夜，兩個幽靈悄然地接近村莊。村子裡的居民們毫不知情，他們正在為另一件事煩惱——馬順傍晚發現的那具屍體，竟然是村辦公室的吳幹事。因為這件事，整個村子的男人們都聚集在村長家。

「哦哦，還滿熱鬧的嘛。」

透過紅外線探測儀，可以很清楚看見一大堆紅點聚集在同一個地方。

陳霖不清楚發生了什麼事，只能暗中觀察老妖的表情。不過戴著紅外線觀測儀，他看到的不是表情，只是各種顏色

很明顯，老妖興奮了，因為他身上的紅色變得更深了。

陳霖轉頭，看著村內騷動，突然想起唐恪辛的話。唐恪辛說他也會參加這次行動，難道這次騷亂就是戰鬥組所引起的？

說起來，他到現在還不知道，他們來到這個偏僻的孤島究竟是為了什麼。

當陳霖這麼問時，老妖只是笑了笑，神祕道：「目標就在村裡，你早晚會知道的。」

圍著村子默默轉了一圈，兩個幽靈再次無聲地退下。

天空，鵝毛般落下的雪花將他們的足跡完美地掩蓋住，一點蹤跡都不留。就像是真正的幽靈來光顧，空空蕩蕩地，什麼都沒留下。

臨上山前，陳霖若有所感，再次回頭看了眼山下的村莊。

被白雪包圍的小村，靜謐而美麗，就像是世外桃源。周圍鬱鬱蔥蔥的樹木山林，

在黑暗中好似伸著爪牙，揮舞著手臂，將村子緊緊圍在中間，像在窺伺這份靜謐一般。

收回視線，陳霖再次鑽進山林中，不見蹤影。

抵達東雲島，第一日。

出現幽靈，兩個。

死者，一位。

Chapter 19

海水的顏色

海水有許多顏色，淺綠，淺藍，深藍，甚至在一些特殊地區，會出現黃色、紅色及白色的海面。

其實，海水本身沒有顏色，只是因外界環境影響，人們眼中才會是色彩斑斕的海。

陳霖站在沙灘上，看著遠處海與洋的交界線。現在這塊被凍住的海面，像是一塊巨大的藍綠色寶石，在太陽還未升起時，散發著冷凝的光芒。現在它是溫馴的，一旦狂暴起來，卻能在瞬間致命，吞噬一切。

真是喜怒無常。

由於太陽還未升起，海面上的霧氣沿著海岸向海島飄來，影影綽綽，像一群看不清身影的鬼魅。

「誰！誰在那裡！」

一聲帶著疑懼的大喝，立刻將他從晨曦的迷濛中喚醒。

陳霖猛地回頭，看見岸邊林子裡有一個身影正在向這邊看過來。不好，是村民，被發現了！

恰在此時，海上的霧陡然蔓延開來，將陳霖的身影完全吞沒。

馬順不敢置信地揉著眼。

剛剛明明看見一個模糊的黑影站在海邊，怎麼等霧散去，原地卻一個人都沒有了？不過就一秒鐘的事情啊。

他不禁走上黑影原本所在的位置查看，可海水沖走了所有痕跡，現在這一片海灘上，沒有半點線索。

「見鬼了？」

馬順疑惑地拍了拍腦袋，放棄搜查，向海邊走近了些。他查看了下海冰的凝結度，嘆了口氣。

「還是不能出海啊。」

村裡的無線通訊器故障了，現在海冰圍島，普通的船又不能出海，只能等下週的破冰船了。在此之前，島上居們無法和外界聯絡。

馬順嘆了口氣，走進林子裡，向村長他們報告。

等人走遠，躲在暗處的陳霖才敢大聲呼氣。剛才那一瞬間，他的心跳都快停止，還真以為自己的行蹤要暴露了！

他這邊剛剛鬆了口氣，身後就傳來一個熟悉的聲音。

「你的指導者沒有提醒你，任務時不能擅自行動？」

熟悉的嗓音和不冷不熱的態度，陳霖轉過身，看到一張熟悉的面孔──唐恪辛。

剛才趁著霧氣彌漫時，唐恪辛突然竄出來，帶著他幾個縱躍，消失在村民的視線中，躲藏在稍遠處的一個礁石後。多虧這位身手矯健的室友，自己的行跡才沒有暴露。

「我只是想出來查看一下情況。」陳霖辯解道。

「查看？我看你是破壞還差不多。剛才要是被人發現，你以為會是什麼後果？」

唐恪辛的視線說不上多凌厲，卻讓陳霖無法再開口辯解。

他知道自己犯了一個多低級的錯誤，一不小心，甚至會讓這次行動整個失敗。

「抱歉，是我大意了。」

來到地表世界的興奮讓他忘記了戒備，才會犯下這種錯誤。

唐恪辛看著微微低下頭的陳霖，看著他頭頂的髮旋以及在海風中微微擺動的一根細髮。

「這種錯不要再犯第二次。」他稍微放緩了語氣。

「我知道了，我現在就回去。」陳霖有些氣餒，初次看見大海的興奮全部消失殆盡。「不會再引起麻煩了。」

誰知，唐恪辛竟然跟在他身後。

「我送你回去。」

陳霖驚訝地看著他。

「放你一個人走，回去路上說不定還會被村民撞見。」唐恪辛淡淡道，「我也想見見你的指導者，竟然看丟一個新手，看來他的水準不怎麼樣。」

「是嗎？」陳霖心想，老妖見到唐恪辛時的臉色必定很精彩。

戴上紅外線感應裝置，陳霖小心翼翼地跟在唐恪辛身後，又忍不住好奇道：「你們駐紮的營地在哪邊？」

「和你沒有關係。」

說完，唐恪辛皺眉，看了看東邊的天空。

「抓緊時間，日出前必須返回。」

這句話說得好像他們是見不得陽光的生物一樣，陳霖不由得有些不快。走在前面的唐恪辛像是感應到了他的情緒，低聲道：「幽靈本來就不該在白天現身。」

一句話，讓陳霖無法反駁。

他真的是得意忘形了，最近越來越忘記了自己還是「幽靈」的身分。

無論是為了任務，還是本身的身分限制，他們都不該再次出現在世人眼中。

心情變得有些低落，看著唐恪辛身姿矯捷地在前面帶路，陳霖突然開口問：「為什麼你不離開？以你的身手，如果想在外出時離開，沒有誰攔得下你吧。」

「你錯了。」唐恪辛的聲音古井無波，「有本事攔下我的，還是有那麼一兩個。地下世界不像你想像的那麼簡單。」

「我可從來沒有把它想得簡單過。」陳霖苦笑。「我的意思是，至少現在這裡沒有誰能攔得住你，為什麼你不離開？」

唐恪辛回頭看了他一眼，眼神無波無瀾。陳霖卻突然低笑起來，「我真是夠笨，這麼簡單的問題竟然還要問。」

「你能離開卻不離開，當然是因為你本身就不想走，是嗎？」

唐恪辛沒有回答。

「你……」陳霖還想要問些什麼，卻一個收不住，撞上驟然停下的唐恪辛。結實的肌肉撞得他鼻子痛，他皺眉，剛想質問，一雙大手卻猛地伸出來緊緊捂著他的嘴。下一瞬間，陳霖感到自己整個人都失重了，一陣天旋地轉，再次回過神時，他們已經藏在某棵大樹茂密的枝幹上。

幹什麼？

嘴巴被緊緊地捂住，陳霖沒法開口說話，只能用眼睛詢問。對方卻沒有理他，只是難得一臉嚴肅地盯著下方。

陳霖若有所悟，安靜下來，也跟著往唐恪辛眼睛停留的方向看。

下一秒，樹林裡一陣騷動，一個人影從灌木叢竄出。他身形高大，穿著黑白色的迷彩服，在冬日雪地裡，這樣的色彩最不容易被敵人發現。

看見這個不速之客，陳霖心中大驚。

紅外線感應裝置竟然沒有發現他！這個人顯然是有備而來，他身上的裝備能夠遮罩紅外線的探測。

在這樣一個世外孤島，擁有這種高科技裝備的人究竟是為何而來？他們和地下世界的行動有什麼關聯？

靜靜等了一兩分鐘，只見那人的身影消失在樹林邊緣，向著東邊海岸走去，唐恪辛才鬆開手。

陳霖被憋得幾乎快窒息，用力地大吸一口氣。

「剛才那個人是誰？」他第一時間問。

「敵人。」唐恪辛言簡意賅，看向東方的眼神有些殺意，「該慶幸的是，他沒帶紅外線感應裝置，不然早就發現我們了。」

他們身上的這套裝備，可遮不住紅外線。

「該慶幸的是對方吧。」陳霖道，「如果他發現我們，還有命從你手下回去？」

唐恪辛聞言有些詫異，側頭看著陳霖。

因為剛才的碰撞讓陳霖的鼻頭到現在還是紅紅的，他一邊下意識地揉著鼻子，一邊道：「以你的實力總不會連一個人都搞不定吧？」

唐恪辛面無表情道：「沒想到你會這麼信任我。」

「我是信任你的實力。」陳霖道：「而且像那種在遮罩了紅外線的情況下，還輕易被你發現蹤跡的對手，你怎麼可能打不過？」

唐恪辛點了點頭，十分認同。他突然覺得，這樣紅著鼻頭稱讚自己的陳霖，還是有幾分可取之處的。

「他去了東海岸，表示什麼？」陳霖問。

「他們的據點可能就在東海岸附近。」提起正事，唐恪辛眼中閃過躍躍欲試的光芒。「這個發現，對我們很有利。」

陳霖表情嚴肅道：「這麼說是一個重大發現了？」

「是的。」

陳霖認真道：「這功勞是不是該記我一份？要不是我在海邊亂竄，你也不會走這條路帶我回去。」

唐恪辛有些無語地看著他，見陳霖眼睛裡的神色不像是開玩笑，半晌，無奈道：「我會考慮報告的時候記上這一點。」

「不錯，不錯。」

「相應的，你違背命令隨意外出這件事，我也會報告上去。」

「……」

最後報告書的事不了了之，兩個幽靈首先要考慮的，是在太陽升起前趕回營地。兩人馬不停蹄地翻山越嶺，終於在第一縷陽光穿透雲霧前趕了回去。

迎接他們的，是老妖宛如晚娘的一張冷臉。

「我是不是該問一下，在我起床的兩個小時四十七分鐘零八秒的時間內，你究竟跑去哪裡了？」老妖一見到陳霖，幾乎快忍不住大發雷霆。

陳霖有些心虛，下意識地往唐恪辛身後站了站。

老妖滿腔的怒氣在看到唐恪辛之後，全變作驚愕。

「你、你怎麼會在這裡？」老妖像是看到了什麼不可思議的事物，看看陳霖又看看唐恪辛。

唐恪辛語氣則很平淡。

他說：「路過。」

Chapter20

小怪物和大怪物

老妖顯然不相信唐恪辛的說詞。

「戰鬥組的會路過這裡？您跑得還真是遠啊。」

老妖語氣裡的嘲諷顯而易見。不過，唐恪辛卻困惑地側頭問道：「他口氣這麼熟稔，我認識他嗎？」

老妖的眼角隱隱抽動。

陳霖一邊忍笑，一邊故作正經道：「我來介紹一下，這位就是我跟你提起過的，負責我這次測驗的指導者。」

唐恪辛若有所悟，「就是你跑了都不知道，還在埋頭大睡的傢伙？」

「兩位……」老妖努力克制自己的音量，「在議論我之前，能不能先解釋一下為什麼你們會一起出現在這裡？還有陳霖，你之前究竟是跑到哪裡去了？」

陳霖剛想開口，唐恪辛那邊已經搶先道。

「他只是去海邊兜了個風，然後被我撿了回來。」

「去海邊？」音調一瞬間提高，陳霖可以清楚看見老妖的眼神從憤怒變成了鄙視。

「在天快亮的時候去海邊幹嘛？讓村民們見識一下來自地下世界的珍稀物種，順便破壞我們這次的行動嗎？」

陳霖自知理虧。

「……是我大意了，抱歉。」

看他低頭致歉的模樣還有幾分真摯，老妖冷哼一聲。

「然後呢，你們究竟是什麼關係？一名A級前十排名的強者，可不會突然善心大發撿到你，還親自送你回來。」

「之前我跟你說過，我有一個室友……」陳霖慢吞吞道。

「我知道你有一個室友，和這件事有什麼關——」話語戛然而止，老妖驚詫地看著陳霖，再看著唐恪辛。「你的意思是，你的室友就是這個怪……就是這傢伙？」

陳霖點頭。

唐恪辛斜眼過去，你有意見？

「呵……哈哈。」驚訝過後，老妖幾聲乾笑。「我早該知道。」他低低地念叨了幾句，只隱隱約約聽見人以類聚、物以群分之類的話。

小怪物和大怪物。

老妖看著面前的兩個幽靈，可以理解他們為什麼處得來了。畢竟，同類相惜嘛。

初升的陽光從林間枝杈的縫隙灑落，令三個幽靈同時回神，這已經是任務的第二天，該開始正式行動了！

唐恪辛瞅了瞅天色，覺得自己該走了。他跟陳霖簡短打了聲招呼，接著幾個縱躍，便消失在密林中。臨走前，沒再跟老妖說一句話。

老妖也不以為意，大概這類傲慢的傢伙他看多了。只是他看著陳霖的眼神十分詭異，陳霖被他打量得寒毛直豎。

「對了！」他突然想起一件正事，正好可以用來轉移注意力。「其實回來的時候，我們在林子裡遇見了……」

三言兩語交待情況，陳霖看著皺眉思索的老妖，問道：「這幫人就是我們的敵人？那我們現在該怎麼做？」

「什麼都別做，老老實實待著就好。」老妖瞪他一眼，「戰鬥的事由戰鬥組負責，是你那位室友的任務。我們的任務是蒐集情報和善後。」

陳霖有些失望，「那現在呢？唐恪辛一定是去東海岸試探了，我們就真的什麼都不做？」

「誰說無事可做？晚上，才是我們行動的時間。」老妖看著他，神祕一笑。「昨天傍晚，村裡死了一個人，我們今晚的目標，就是他。」

拾屍者，能夠從屍體身上探尋出最多資訊的情報專家。老妖看了眼陳霖，若有所思道：「這件事就交給你，當作你合格前的最後測驗。」

陳霖沉默著點了點頭。

他們現在只能等夜晚降臨，屬於亡者的世界才會開始。在那之前，白天的幾個小時該怎麼度過呢？

陳霖剛這麼想，就見老妖鑽進帳篷裡，拿了一個東西出來。

「來，玩牌。」指導者不務正業地笑著，「打發打發時間。」

「我沒錢。」

「放心，不賭現金。」老妖邪惡地笑了，「我們賭別的。」

十個小時後，晚上六點。

山林裡的某個臨時營地裡，某個滿臉貼著白紙條的幽靈不敢置信道：「又輸了！」

啪——

一張白條封住他的嘴，坐在他對面的幽靈有些不好意思地笑道：「抱歉，又贏了。」

一把撕下臉上所有白條，老妖不敢相信，十個小時內自己只贏了一把，還是耍詐贏的！

「你之前的職業是什麼？賭棍？」

「我只是個普通打工的。」放下牌，陳霖道：「這是業餘愛好。」

能將地下世界一代賭聖逼到這種地步，怎麼可能只是業餘愛好？

老妖覺得自己失策了，本來想通過玩牌欺負一下新手，沒想到最後被虐的卻是自己。

「時間到了。」看了眼天色，已經昏沉入夜，陳霖說：「我們該出發了。」

將身上沾滿的白條摘下，老妖總算從回到正常模式。

「唐恪辛去東海岸的探索應該也有了結果。」他道：「我們這邊也開始行動，也許勝負，就在今晚定下。」

陳霖忍不住問：「敵人究竟是誰？他們是衝著我們來的嗎？」

早上看到穿著黑白迷彩的人裝備精良，陳霖實在很好奇他們的身分。地下世界的敵人，究竟是什麼來頭？

「衝著我們來？」老妖一笑，「這倒不一定。我想他們的目的應該是島上的某個東西。不過當他們開始打這個島的主意時，就該知道，地下的幽靈已經盯上他們了。」

「聽起來，我們像是行俠仗義的英雄？」

老妖搖頭，「不是行俠仗義，不過你倒可以理解成——捍衛領地。」

直到天全部暗下來，陳霖悄悄埋伏到村莊附近時，腦袋裡還想著老妖的話。

捍衛領地？

這個村莊，或是這座海島，是地下世界的所有物嗎？

地下世界所管轄的不只有幽靈，也把勢力發展到地表來了？

搖搖頭，甩去腦袋裡的諸多遐想。陳霖提醒自己現在不是想那麼多的時候，他這次的目的在村內。

為了防止被敵方的紅外線偵測到，行動前，老妖特地拿了一件可以阻擋紅外線的斗篷給他。

把這件寬大的斗篷往身上一套，在夜間行走，還真像一個飄蕩著的幽靈。

陳霖自嘲一笑，抓緊空隙，從村莊無人的一角潛入。有紅外線探測儀，他毫無阻礙地找到了死者所在的屋子。

這是一間空屋，確定附近沒有人後，陳霖才走了進去。

屋子的正堂中，擺著一具屍體。看來死者的家人還未正式將屍體入殮，只是簡單處理了一下。陳霖心下微喜，這樣正好，未做處理的屍體才可以挖掘到更多資訊。

他緊了緊斗篷，走近屍體。

這是一張滄桑的面孔，被海風吹得粗糙而黝黑，陳霖關注的不是他的外貌，而是他的表情——眉毛輕揚，嘴角下拉，眼睛有些瞪大。

這是最標準的憤怒和驚訝的表情。

挑了挑嘴角，陳霖若有所思，看來這位仁兄死得有些冤啊。他繼續檢查，卻意外地沒有在屍體上發現明顯傷口。

整個屍體完好無損，若不是已經停止呼吸，幾乎和活人相差無幾。陳霖思索半刻，準備進一步探查時，突然發現屍體身上有東西閃爍了一下。

他伸手去探——

「誰！是誰在那裡！」

嘖，竟然有人來了。

透過紅外線感應裝置，他看見屋外有個紅點正在接近，陳霖暗罵一聲，準備離開。

臨走前，他看著那屍體憤怒而驚詫的表情，突然計上心頭。

「打一個小小的招呼吧。」陳霖微微一笑，俯下身去做了些什麼，隨即在外人接近前及時離開。

「誰在屋裡！」過來巡視的村長屏住呼吸，小心翼翼地打量四周。

沒有動靜，他看著安靜得有些過分的靈堂，咽了下口水，緩緩伸手推開門。

吱呀——

靈堂的大門緩緩打開，一股寒氣迎面撲來。

村長還未反應過來，就看到一雙手猛地搭在自己肩上。他近乎呆滯地抬頭，看到一張慘白的臉，在月下憤怒地注視著他。

「鬼、鬼……鬼！鬧鬼啊！」

淒厲的喊聲傳出老遠，某處，正在執行任務的唐恪辛動了動耳朵，抬頭往聲音傳來的方向看。

他手下，一具無頭的屍體剛剛落下。

唐恪辛一甩長刀上的血跡，疑惑地重複了一句。

「鬼？」

他困惑了。

Chapter21

鬧鬼

雪地是一片的白，滴落在上的血，顯得格外刺目。在月光下反射著冷光的長刀，在空中劃過一個鋒銳的弧度，被主人握在右手。

黑色斗篷在夜風吹動下，猶如一雙張開的黑翼，在夜晚悄無聲息地掠過。

唐恪辛收刀，在他腳下，一個頭顱和身軀分開的屍體頹然倒地。

那顆被一刀砍下的頭顱還瞪大著眼，死不瞑目。

或許他是想不明白為何行蹤會暴露，或許他是驚訝於驟然到來的死亡。不過人都死了，他曾經想過什麼已經不再重要。

這樁血案發生在村子邊的一角，乾淨俐落，並沒有引起他人注意。

「嘖嘖，場面弄得這麼盛大，一會可不好收拾。」

老妖不知道從什麼地方竄出來，看著地上濺出去的一道血漬，忿忿不平道：「你們戰鬥組幹活的時候就不知道收斂一點嗎？爽的是你們，吃虧的可是我們！」

唐恪辛看了他一眼。

「剛才是什麼聲音？」他問。

「什麼聲音？村子裡只有那小子一個人在，你問我倒不如去問他。」老妖做著善後工作，從懷中拿出一包粉末，小心翼翼地倒在雪地的血跡上。

神奇的是，不出幾秒，血跡就被粉末腐蝕得一乾二淨，融化的液體很快又被白雪覆蓋，看不出一絲痕跡。

老妖蹲在地上，查看那具無頭屍體。

「嗯，這是什麼？」

他看見屍體某處隱隱發光的物質，用手沾了一些，細細一撚。

「竟然是——」老妖先是一驚，隨後笑了，抬頭看向村子，「這下子可熱鬧了。」

村裡鬧鬼了。

這個消息立刻在村子間傳開。

村長從放屍體的靈堂回來，被嚇得魂不守舍。

聽人說，他遇見詐屍了！

幾個聽到喊聲後趕到、把村長抬回家的年輕人繪聲繪影地說著當時情況。

「當時可嚇人了！」一個後生手舞足蹈地說著：「一趕過去，就見老主任的手搭在村長肩膀上，兩眼直直地瞪著村長，眼珠都快從眼眶裡掉出來了。」

「那時村長嚇得都快喘不過氣了。也是，任誰被一個死人搭肩瞪著，都會嚇掉半條命，真是活見鬼了！」

「可不是嗎！」

「會不會是誰在惡作劇？」有不信鬼神的人質疑道：「這世上哪來鬼不鬼的。」

「噓，可別這麼說！如果是惡作劇，那老主任的屍體怎麼能沒有支撐，就自己這麼直挺挺地站在門口？」

「是啊，路邊又沒有腳印，活人走路怎麼可能不留痕跡，肯定是鬧鬼啊！」

村裡剛出人命，就又發生鬧鬼事件，一時間人心惶惶，甚至有人說村主任死得那麼離奇，肯定也是被鬼嚇死的。

關於鬼怪幽靈的恐怖氣氛渲染得更加濃烈。

馬順搓著手呵氣，在一個大門口等著，不一會門從裡面打開，村長的老婆探出頭，對他道：「醒了，醒了，你進來吧。」

「好。」馬順連忙進屋，一進屋就看見村長躺在炕上，半瞇著眼，嘴裡念念有詞。

「嫂子，這是？」

「唉，人醒了腦子還沒清醒，一直在說胡話，也不知道他在說什麼。」村長老婆搖頭，「我去燒點水，你先在這坐著啊。」

「好。」

等屋裡剩下他和村長後，馬順小心翼翼地湊上去，輕聲呼喚。

「村長，劉村長？」

村長只是含含糊糊應了幾聲，看樣子真的意識不清。

馬順嘆了口氣，正準備離開。

「不！不要！」

炕上的人突然大聲喊了起來。

「不要作怪！不要來找我！不不不，不是我，不是我！」

像是夢到什麼恐怖的事情，躺在炕上的村長臉色青白，突然哀號起來，身體還陣陣顫抖。

馬順膽子再大，也被他這模樣嚇著了。

這時，村長老婆提著熱水進屋，倒是見怪不怪。

「怎麼了？又發癲了？」

馬順連忙讓開位子，讓她擠著熱毛巾給滿頭冷汗的村長擦一擦。

「老是說胡話，誰也不知道他在喊什麼，像中邪似的。」

馬順看村長神智不清，實在不是說話的時候，只能先告辭。

臨走前，炕上的村長還在大喊。

「別找我，別來找我！怪你，都怪你自己！說好的……」

剩下的話已經聽不清了，馬順搖搖頭，推門離開。他一出屋子，就被屋外等著的其他人團團圍住。

「怎麼，老村長說了什麼沒有？」

「清醒了嗎？」

馬順連連搖頭，「沒有，現在說話還顛三倒四的，看樣子真是中了邪。」

「還真見鬼了？」有人議論紛紛。

「說起來，我早上也在海邊見到一個黑影子，走過去就不見人了。」馬順突然道：「這幾天實在有些古怪。大家最近幾天不要亂走動，在家裡待著吧。」

「的確，走在路上亂逛，說不定下一個見鬼的就是我們。呸，呸，烏鴉嘴，老天保祐，老天保祐。」

餘人紛紛點頭，不一會便散去了。

月光下，這個孤島小村，開始被抹上不祥的陰影。

此時，鬧鬼事件的始作俑者陳霖，在暗處將一切看進眼裡，心下有了想法，才悄悄離開村子。

凌晨一點多，他趕到事先約定的地點與老妖會合，意外地看見了唐恪辛。

此時老妖已經將屍體和血跡全都清除乾淨，只是無聊地等著陳霖。

「終於來了！」一看見人影，老妖立刻站起來，「說說吧，剛才村裡這麼熱鬧，是不是你搞的鬼？」

陳霖笑了笑，「若不是他們自己心裡有鬼，我怎麼能空穴來風。」他看見站在一邊的唐恪辛，問：「你怎麼也在這裡，不是去東海岸探查嗎？」

「東邊已經沒有人了。」唐恪辛說：「我去的時候已經人去樓空，只剩一個空巢。」

「看樣子他們是提前得到情報撤退了。」老妖也在一旁道：「不過退得不夠快，逮到了一隻漏網之魚。」

「人呢？」陳霖問。

老妖白他一眼。

陳霖馬上改口：「屍體呢？」

「留著幹嘛，當然是廢物利用後處理掉了。」老妖道：「別說這個，先說剛才的事，你究竟做了什麼？」

陳霖將來龍去脈解釋後，道：「我看那個人死得有些蹊蹺，像是被熟人所害。所以才故布疑陣，想看看村裡的人都有什麼反應。」他又問：「身上沒有一絲傷痕，有哪些手法可以這麼殺人？」

「手法可多了。」老妖道：「不過大多數都不是普通漁民能辦到的，肯定是有熟人出面引他，由專業殺手下手。不知道這可憐鬼是知道了什麼內情，被人這樣害死。」

「村裡有內奸，和外面勾結。」唐恪辛說：「應該也是這個內奸放出情報，那幫人才撤得那麼快。」

「肉還沒有咬到嘴裡就急著溜走，看來很害怕啊。」老妖冷笑，「這點膽子也敢在我們地盤上作亂，我說，沒本事又要湊熱鬧，一般怎麼說？」

「找死。」唐恪辛淡淡道。

「哈哈，對，就是這個！自找死路呢這群傢伙！」

看著這兩個一唱一和，陳霖實在有點不明白狀況。

「等等，我有一點不明白！你們剛才說，和我們為敵的那幫傢伙已經撤退了？我想知道的是，這幫人究竟是誰，他們到島上是為了什麼，為什麼一旦得知被我們發現就急著走？」陳霖問，「作為任務的一員，我應該有權知道一些內情吧。」

唐恪辛和老妖彼此看了一眼，最後是老妖開口：「我先回答你第一個，這幫人不管是誰，總之是我們的敵人。數來數去，還就是那麼幾家老對手，具體是哪幾家，等回去以後給你補課。

「第二，他們來這裡的目的。」老妖突然一笑，伸出一根手指，「看見這個沒有？」

陳霖仔細看著老妖的手指，似乎黏著什麼微小的顆粒，在夜色下微微泛著光芒。他突然一驚。「這裡有金礦？」

「正解。」老妖滿意地笑道：「這是在剛才那個倒楣鬼身上發現的殘留痕跡。這裡地下某處應該有富足的金礦，他們就是為此而來。」

一般海底火山附近會有些硫磺礦，金礦卻不多見，一旦發現就是一筆意外之財。難免會有些人或是一些組織，盯上這塊肥肉。

陳霖點點頭，表示理解。

「至於他們為什麼要跑。」老妖看了眼唐恪辛，笑道：「地下的幽靈都上來了。不跑，等死嗎？」

陳霖也回頭盯著唐恪辛，肅然起敬。「被你嚇跑的？」

唐恪辛手拿長刀而立，的確很有武林高手的氣勢。

「不是被他嚇跑，是被以他為代表的戰鬥組嚇跑的。當然，那幫人要是知道這次出任務的戰鬥組成員是他，大概會溜得更快。」老妖又笑道：「他們既然有這個膽量，就要懂得承受後果。這次跑了，還有下次等著他們。」

只是一句話，陳霖聽出了滿滿的自信與傲慢。

唐恪辛雖然沒有出聲附和，但是他骨子裡的傲意只多不少。他們兩個，老妖和陳霖，似乎都對地下世界的實力有著充足的信心。

陳霖斂了斂心神。

「接下來該怎麼做？主要對手都撤退了，難道我們該收手了？」

「收手，你要收手嗎？」老妖問。

陳霖搖搖頭道：「不想。」

「哦，為什麼？」

陳霖回頭看向村莊。

「今晚正是鬧鬼的好時候，我怎麼能不看完好戲呢？」

老妖嘿嘿笑了起來，唐恪辛也看向村莊，長刀在月光下映出一道白芒。

鬧鬼很可怕嗎？

不。

有時候，內鬼比鬼更可怕。

Chəpter22

月色掩蓋的祕密

大雪覆蓋下的村莊，燈火正在一點一點暗去。

飄落的白雪不僅抹去行人的蹤跡，也掩去了村莊裡的各種聲響。夜晚，變得安靜許多。

過了午夜，村民全都進入夢鄉後，潛伏著的幽靈悄悄來到。

雪地裡突然現出一條長長的足印，大雪掩去了聲音，卻無法掩蓋這新鮮的足跡，然而只要等到第二日新雪覆蓋，這條足跡也會不見蹤影。

暗夜中的潛行者似乎清楚這點，所以並不是很擔心，他走在村裡的小道上，似乎對每一個拐角每一個岔路都無比熟悉。很快，這位潛行者就來到了目的地。

一間還亮著燈的小屋。

在黑暗的夜晚，屋裡燈火格外顯眼。與周圍詭祕的黑暗相比，這盞燈火就像風雨中的一葉孤舟，伴隨著狂風驟雨，不知何時就會傾覆。

小屋內依舊有人未眠，時不時地傳來隱約的呻吟聲，像是一個人神志不清的低語。

細心的人會覺得眼熟，這不是被鬼魂嚇破膽的村長的家嗎？夜半三更，這個潛行者為何到這裡來？

一想到接下來自己要做的事，潛行在黑暗中的人就忍不住渾身發抖。他為即將要做的事感到些微恐懼，然而很快，興奮與貪婪便蓋過了恐懼。一旦成功，所有祕密都不會再有人知曉，所有財富將歸他一人享有。只要想到這點，他心裡就止不住地雀躍。

那雙險惡的眼睛盯著亮著火光的屋子，潛行者心裡默念。

來吧，就這樣吧！讓一切結束吧！

他輕手輕腳地推開院門，向屋內走去，雙手因興奮而不住發抖，卻在此時——

「真是失禮。」

「夜半闖入別人家宅院，一隻小老鼠偷偷摸摸地想做什麼呢？」

突兀的聲音從身後傳來，猶如一道驚雷。潛行者驚懼地回頭，看到身後站著三個披著黑色斗篷的身影。他們的身影幾乎融入夜色，奇詭的打扮讓人害怕。

他們眼睛泛著恐怖的紅光，緊盯這個夜行的人。

終於，其中一個人影出聲：

「果然是你，馬順。」

被點破身分，潛行者，不，馬順驚懼道：「你們是誰，你們——」

「誰啊？誰在外面？」

因為他的驚叫，屋內的人聽見動靜，警惕地詢問。

「嘖，我可不想引人矚目。」其中一個黑衣人道。

另一個黑衣斗篷簡潔說：「帶走。」

兩個黑斗篷一左一右挾上，不顧馬順的意願，勒著他的雙臂將他強行帶離。

等村長的老婆提著油燈出來時，只看到一片寂靜夜色。雪地上，連一片足跡都未留下。

五分鐘後，某間空屋內。

這裡曾經是存放屍體的靈堂，但是現在因為「鬧鬼」，屍體已經被其家人存放到另一處。這下，倒成了一個密談的好去處。

潛行者被挾持他的黑斗篷們隨意扔在地上，現在不該稱呼他為潛行者了，而是要稱呼其名字。

「馬順。」

一個黑斗篷開口，聲音冰冷，猶如閻魔在審判囚徒。

「你要為你的所作所為，接受懲罰。」

跌倒在地的馬順踉蹌地爬起來。

「你們是什麼人！不要再過來，否則我要喊人了，救、救命啊！」

黑衣斗篷們戲謔地看著他跳梁小丑般的舉動。

「喊人？將所有人都喊來，眾目睽睽之下坦白你的罪行嗎？」站在左方的黑斗篷道，「如果是這樣，我很歡迎啊。要不要去幫你把人都叫過來，順便告訴村長一家，你剛才的圖謀？」

馬順抖著聲音道：「你、你胡說什麼！我不明白！」

黑斗篷淡淡道：「與外人勾結謀害村主任，棄屍荒野，裝作意外。現在為了獨吞財富，又想除去最後一個知情人。殺人、貪贓、抹滅證據，要我一一為你羅列罪證嗎？還是說，要讓所有人都知道，你為了一座金礦，打算殘害兩條人命？」

「你們是誰！你們是誰！」

馬順驚慌地問，有種底細被人揭穿的恐慌。然而他更加害怕自己的所作所為被其他村民知曉，連驚叫都不敢太大聲。

「我們是誰？」一個黑斗篷看著他這模樣，低低笑了。

「當你為了私心而與外人勾結時，當你為心中的貪婪而犯下罪行時，就該知道我們是誰。」

赤色的雙眸在黑暗裡散發詭異的光，緊盯著馬順。

「我們是住在你心底的鬼魅和幽靈，難道你不知道我們為何而來？」

瞳孔瞬間放大，整個夜晚發生的事已經給他極大的心理壓力，這番詭異的說詞終於成了壓死駱駝的最後一根稻草，馬順忍不住大喊：「不是我！我什麼都沒做！都是村長，是他要我們不要把金礦的事說出去！也是他和外人合作的！與我無關啊！」

看他還想抵賴，其中一個黑斗篷——陳霖冷笑道：「與你無關，那是誰去通知外來者撤退的？」

那天在海邊，陳霖只是不小心被一個村民發現蹤跡，那些敵人就像嗅到了危險的狐狸一樣，迅速退去。

見到馬順的第一眼，陳霖就認出了他。除了這個在海邊撞見過自己的人，還有誰會洩漏情報？

「與你無關，那你為何半夜偷偷跑去村長家？」

「我、我……只是……」馬順囁嚅著。

「藉著鬧鬼造成的恐慌勸說村民們不要外出，為自己創造夜行的機會，難道這不是你的小心思？」陳霖笑了，走上前從馬順身上掏出一個東西，給予最後一擊。

「不是你，那這個又是什麼？」

「厲害。」老妖吹了一聲口哨，看著他手中的東西，「這個伏特的電擊棍，被電一下就沒命了吧。」

「島上怎麼會有這種東西？」老妖嘲笑道：「是從那些傢伙那裡拿來的吧？嗯，你乖乖地為他們賣命，他們幫你殺人滅口？我想想，之前那個看不出外傷的死者，就是被你這樣殺死的吧？」

「沒有，我沒有殺人！」馬順忍不住為自己辯駁，「我們只是起了爭執！那是個意外！」

陳霖冷笑道：「人死了可以說是意外，但是把屍體拖到戶外雪地裡，又裝作不經意發現，這算蓄意謀害吧？也許你們三個分贓不均，起了內訌，村主任只是你第一個下手的對象，接下來是村長。」

老妖接著道：「可惜，你動手之前，村長就因為被鬼嚇到而神志不清。」說到這裡他看了陳霖一眼，「你擔心他迷糊間說出祕密，所以更想殺人滅口，是不是？」

事情到了這個地步，馬順沒必要再辯白了。他知道無論說什麼，這些惡魔般的幽靈都不會放過他。

「是。是我殺了他！」他索性承認，「是他不對！本來說好和那些傢伙合作，我們就可以分到金礦的一部分！可是那個笨蛋竟然退縮了，他竟然想要把合作的祕密告訴村裡的人！

「他是個懦夫，是個膽小鬼！難道我不該殺了他，不該嗎？那些金子本來都是我的，為什麼要和別人分！」馬順的眼睛布滿血絲，歇斯底里。心底的貪婪占據了他的心神，現在看起來，他比惡鬼還恐怖。

「竟然想要與虎謀皮。」老妖冷笑，「那個早死的村主任還算明智。你以為你能拿到什麼？到最後你們為那些傢伙白白賣了命，怎麼死的都不知道。」

不過這些話對馬順說了也沒用，這個眼中只有錢財利益的傢伙，永遠不會明白，沒有足夠的力量，就不要去妄想得不到的東西。

「殺了他吧。」老妖對唐恪辛道：「真相水落石出，我們也沒必要再待在這裡。」

「不。」

意外的是，唐恪辛竟然拒絕了。

「我的刀不砍這種人，髒。」

老妖看著他青筋直跳，「殺哪個人不是殺啊！不幹掉他我們任務怎麼辦？算了，就不用你那寶貝刀，有沒有其他武器，直接給他一刀！」

「沒有。」唐恪辛拒絕，「要殺你自己上。」

「我才不做這種體力活！」老妖也毫不妥協。

陳霖有些頭疼，看著爭執的兩位。

「我說，再爭論下去，這傢伙就要跑了。」

唐恪辛嘩地抽刀，一把挑起準備逃跑的馬順的後領，把他又勾了回來。在殺手大人陰冷的目光下，馬順簌簌發抖，不敢再逃跑，只能絕望地等待死亡。

然而，絕望永遠沒有盡頭。

陳霖突然建議：「既然你們都不願動手，不如把他帶回去好了。」

「帶回去？」

老妖和唐恪辛齊齊轉頭看向他。

「我想在地下，他還是會有些用處的。」陳霖聳肩道，「這是一個建議。」

在幽暗的地下，馬順會受到比死亡還要可怕的折磨。老妖略一思索，嘴邊露出笑容。

「贊成！」

「可以。」唐恪辛淡淡道。

馬順顫抖了，他雖然不明白，求生本能卻讓他掙扎起來。「不、不要啊，我給你們金子，好多的金子！放過我，放過我！」

這垂死掙扎的最後一聲淒厲叫喊，徹底驚醒了沉睡的村莊。

然而等人們去聲音來源處查看時，只看到空空如也的屋子。與此同時，馬順也不見了蹤影。

有人說他是撞了惡鬼，也有人聲稱親眼看見幽靈將他擄走。幽靈那紅色的眼睛，在黑夜中格外觸目驚心。

馬順再也沒有回來，小村鬧鬼的事也越傳越烈，一時間人心惶惶。

一個月後，一支在海上諸島勘查的地質分隊意外在例行勘探中，發現了小島上的金礦。

為了好好挖掘金礦，島上為數不多的村民們被移居出島，並得到了巨額補償。讓前來勸說島民們移居的人員意外的是，村民們相當配合。

臨走前，甚至有好心的村民提醒說這個島上鬧鬼，要小心行事，不要被鬼抓走。採挖人員只將它當成笑話，聽聽就算了。

沒有人知道，這個島上真的曾有幽靈徘徊，更有一個人被帶去了地獄，永不得超生。

所有祕密都隨著村莊的解散，永遠消失在孤島深處。

那一日，幽靈們離開海島的那個黎明。

太陽升起前的最後時刻，黑暗濃郁而沉重。陳霖望著東邊的天空，想像著火紅的圓盤從天際躍出時的模樣。

第一次外出任務成功完成，沒有讓他太過興奮。相反，他看到垂死掙扎而徒勞無功的馬順，就像看到被困在地下世界苦苦掙扎的自己。

他和馬順的唯一區別，大概就在於馬順是被利益迷了眼作繭自縛，而他連自己為何會被困在這裡，都不知道。

「發什麼呆，走了。」

在他身後，唐恪辛單手拎著被打昏的馬順，老妖不耐煩地催促著。

看著老妖手裡的黑布，陳霖有些抗拒道：「我就不能不綁這個嗎？」

老妖嘿嘿而笑。「等你級別夠了再說吧，小子。」

陳霖愁眉苦臉。

見狀，唐恪辛扔下手中的人，從老妖手裡奪過遮眼的黑布。

「我來。」

他站在陳霖身後，親自替他繫上。

在老妖不屑地撇嘴看向另一邊時，唐恪辛突然低下頭，在陳霖耳邊輕聲道：「總有一天，你會自己解下它。」

陳霖一愣，感受著視野內的黑暗，突然笑了。

「是啊，終有一天。」

終會有那麼一日，他會擁有足夠強大的力量，劈開眼前的迷霧，跨過重重障礙，去看清真實。

不過，當那天到來，唐恪辛還會像這樣站在自己身後嗎？

他不知道，只有選擇前進，走向那片黑暗又似乎蘊藏希望的前方。

——《死而復生01》完

Sidestory

唐恪辛的龜

「我出去幾天，你幫我照顧一下儲備糧食。」

當唐恪辛這麼說時，陳霖並不以為意。不就是幫忙飼養一些烏龜和金魚嗎，有什麼大不了的？他點點頭，痛快地答應了。

那時陳霖並沒有想到，麻煩正是從這一天開始的。

唐恪辛養的金魚只是普通品種，幫忙換一下水，餵一下飼料，很好養活。另外一個活物是被單獨放在水槽裡的烏龜，陳霖不知道是什麼品種，只是每天看牠懶洋洋地趴在石頭上午睡，就覺得應該也是很好養活的類型。

這天中午，陳霖從外面培訓回來，餵完金魚，就趴到烏龜的水槽前。

這隻烏龜大概有一個成年男子巴掌那麼大，陳霖不瞭解這類生物，也不知道這算小龜還是成年龜。他和水裡那的烏龜大眼瞪小眼了好一會，許久，那隻烏龜懶洋洋地抬了個頭，綠豆大的小眼睛瞇了一下，就把腦袋縮回殼裡了。

陳霖看著隔壁魚缸裡自由自在的一群金魚，再看看這頭孤零零的烏龜，突然有種兔死狐悲的憐惜。有點可憐，他想著，便伸手把烏龜撈出來，放到金魚的水缸裡。

至少有個伴啊。

陳霖滿意地看著金魚和烏龜共游一個池子，拍拍手走了。他這時想，唐恪辛養寵物一點都不細心，無論是人還是動物，終歸是有伴相陪比較好吧。

當他下午回來時，就發現麻煩了。

金魚竟然少了一隻！

下午他離開前數清楚了，明明有七隻金魚，三隻金色、四隻花斑，可是現在少了一隻花斑的金魚，剩下六隻在水缸裡，精神似乎也不太好。

怎麼回事？陳霖心裡一緊，難道是有人闖進來了？他四下打量，沒有發現屋內被翻動過的痕跡，也沒少什麼貴重物品。什麼人闖進門就為了偷一隻金魚？可能嗎？如果不是人偷的，金魚怎麼會不翼而飛？

他視線在趴在假石邊休憩的烏龜上停留了一瞬，烏龜從水底吐了一個泡泡，似乎也在回應他的疑問。

金魚去哪了？

接下來的兩天，又連續消失了兩隻金魚。陳霖如臨大敵，甚至耗費巨額點數在屋內安裝了監視器。從監視器畫面來看，屋內沒有外人進來過。

為什麼金魚會接二連三消失呢？

陳霖覺得自己疏忽了什麼，鑒於他從來沒有養過寵物，他決定去向其他人請教。

老妖回答：「什麼，金魚不見了？你這次測試還不知道能不能順利通過呢，你還有心思管什麼金魚？看來是我給你的壓力太小了，回去，再做三組練習！」

許佳說：「我也沒養過金魚呀，隊長。我從小養什麼死什麼，仙人掌都養不活，哪敢養魚呢。」

老劉笑著道：「呵呵，年輕人真閒，還有興趣擺弄這些。」

問了一圈等於白問，陳霖垂頭喪氣地回屋，卻在房間前看到一個陌生人。那個人鬼鬼祟祟，一會站在門口左右張望，一會像身上有跳蚤似地來回跳動。

難道這就是神不知鬼不覺偷走金魚的犯人？

陳霖盯了他好一陣子，打算好好記住這個人的面孔，等唐恪辛回來後向正主告狀。

他正小心翼翼地躲在暗處打量對方，那「偷魚犯」像是背後長了眼睛，突然轉身看向他藏身的方向。

「出來。」這人不耐煩地說：「再躲在那裡偷偷摸摸地打量我，別怪我不客氣。」

說話間，陳霖感覺好像被一隻凶狠的肉食動物盯上，後背汗毛直豎。

他慢慢地從牆角挪了出來。

「哦，是你。」這個「偷魚犯」看著陳霖道：「你是唐恪辛的室友。」

「你……」陳霖這回也覺得他面熟了，想了一想，「你是上回打架輸給唐恪辛，賠了一張桌子的那個人！」

話音剛落，他面前那人立刻跳腳起來。

「什麼叫輸，我只是一時落了下風，才不是十打九輸，才不總是他的手下敗將！」

陳霖心想，他什麼都沒說啊……

「喂，你這小子。」這不知名字的男人又問陳霖，「你是他室友，知道他最近為什麼總不見人影嗎？」

「他接了一個任務，半個月都不會回來。你不知道？」

「我怎麼會知道？」這個和唐恪辛打過架，並且老是輸掉的男人，脾氣不好地道：「我也才剛回來，哪知道他碰巧也出去了。嘖，真是麻煩。」

他念念叨叨。

「下回不知什麼時候才能扳回一場，嘖，又要讓那臭小子得意了。」

陳霖看著他這模樣，突然鬼使神差地開口：「既然這樣，你要不要進屋坐一坐？」

「嗯？」那人側頭看他。

陳霖已經走上前一步，推開門。

「事實上，最近唐恪辛養的寵物出了些小問題。我想找人幫一下忙。」

「這和我有什麼關係？」那人不耐煩道。

「當然有關。」陳霖說：「如果你幫了他這個忙，下次你找他打架的時候，他還好意思拒絕你嗎？」他看向那個男人微笑，「還有，你不覺得讓唐恪辛欠你人情，是一件很有趣的事嗎？」

脾氣暴躁的男人想了想，挑眉道：「你說的對，走！」

進屋後，陳霖將金魚逐日減少的事情對男人說了，順便偷偷觀察他的神情。

「事情就是這樣。」

「我沒養過水生動物，但是金魚應該不是互食的種類，我也不清楚為什麼會越來越少。」

那暴躁男人趴在魚缸邊看著水池，像是一隻小狗趴在水邊，陳霖莫名就有點想笑，不過還是忍住了。

他在等著這個人的回答。

「嘖，養金魚還這麼麻煩。」男人不耐地說，「不是牠們自己吃自己，就不能是別的生物吃的嗎？」他指了指池底，「這裡不是還有一隻王八嗎！」

陳霖太陽穴跳了跳，覺得男人應該不是偷魚犯了，以他這個情商和脾氣，大概寧願把魚缸砸破，也不會偷偷摸摸地拿幾隻走。

他的視線轉向水底那隻龜，猶豫道：「我也想過這個問題，可是這龜游得這麼慢，而且金魚幾乎都有牠那麼大了，牠能逮到魚吃？還有，烏龜是吃肉的嗎？」

「想證明牠吃不吃肉還不簡單，試試不就知道了。」暴躁男把手伸進水池裡，晃了晃。

只見金魚們紛紛躲開，潛在水底的烏龜卻突然睜開了眼睛。

下一瞬間，烏龜以飛速游向水面，一口咬向伸進水中的手指。

暴躁男眼疾手快，收回手來。

「哈哈，我就知道！這烏龜和唐恪辛簡直一個樣子，看起來沉默溫吞，其實就是個猛獸！」

陳霖震驚地看著這一幕，見烏龜沒有咬到手指，又向其他金魚游去，他趕緊上前把烏龜撈出來。

鑒於剛才那一幕，這一次他格外小心，沒有讓烏龜咬到自己。

「我手上有腥味，牠才會咬。」暴躁男在旁邊看著，「像這種玩意，聞不到腥味，就會假裝無害。」

陳霖看在趴在手裡懶洋洋的烏龜，心情很複雜。

一旁，暴躁男意味深長地看向他。

「有時候看起來無害的，比一般的更危險。比如唐恪辛吧，平日裡養養金魚，養養烏龜，當當廚娘，看似溫和，誰知道他動起手來，就跟……」

「我怎麼了？」

背後突然插進來一句。

「為什麼你在我的房間裡？」

「唐恪辛！」陳霖驚訝回頭。

只見背著長刀的男人步履匆匆地從屋外回來，眉毛一皺，看向陳霖。

「我不在的時候，你就讓這種人進來作客？」

「我……」

陳霖剛想說話，旁邊的人就像聞到腥味的野狗一樣，向唐恪辛衝了過去。

「哈哈哈哈哈，你回來得正好！來打一場！老子今天手感正好，肯定要把你打趴下！」

唐恪辛本來不想理他，突然看了眼金魚缸，又看了看暴躁男濕漉漉的手，眼神沉了下來。他拔出背後長刀，二話不說向人砍去。

這一場架打得雞飛狗跳，最後暴躁男趴在地上爬不起來，被聞訊而來接到任務的許佳扶走了。

「你真是我的福星啊，隊長。」許佳嬉笑眉開地說，「我正愁沒接到工作，突然就多了一個新的清潔員任務，原來是你們這裡在打架！」

她轉頭對唐恪辛道，「多打幾場，多打幾場。為地下世界創造價值，就看你們的了。」

陳霖看著她把趴在地上、動也不能動地暴躁男拖走，又看了眼剛收刀回鞘的唐恪辛，深深嘆了口氣。

這時候唐恪辛走過來，不滿地看了眼空了一大半的金魚。

「你就是這麼替我照顧儲備糧食的？」

陳霖心裡一緊，連忙解釋起來。

「我不知道這隻烏龜是吃肉的，也不知道牠捕獵這麼厲害，抱歉，讓你的金魚受害了。」

唐恪辛聽完他的話，若有所思，卻沒有要生氣的樣子。陳霖正奇怪，卻見唐恪辛從他手裡接過那隻烏龜，又放進了金魚池裡。

「哎，你這是做什麼！」

「你沒發現嗎？」唐恪辛回頭對他道：「留下來的幾隻金魚，都是塊頭最大、動作最矯健的，所以牠們才能躲過獵捕者。」

他看著池子裡那慢悠悠的烏龜，和一下子緊張地游動起來的金魚。

「這樣也好，我可不想養廢物。」

他說著，再也不管那一池的捕獵者和獵物，轉身去忙別的了。只有陳霖，發呆地望著魚缸，突然又想起暴躁男之前的那句話。

他轉身看了眼跑去廚房洗手做羹湯的唐恪辛，哪有之前打架時那迅猛的樣子，一副賢妻良母的模樣。可被他揍得趴在地上的那人，也不是作假的。

哎，不管是唐恪辛，還是唐恪辛的烏龜，都不是那麼簡單啊。

——番外〈唐恪辛的龜〉完

Sidestory

陳霖的倉鼠

地下世界沒有植物，不見陽光，甚至見不太到一個正常的人類，但是這並不代表地下世界什麼都沒有。

「又是一窩！」

陳霖氣沖沖地拿著殺蟲劑，同時對好整以暇坐在一旁的人道：「唐恪辛，唐大俠，你到底是哪塊豬肉又放餿了，讓房間裡出現這麼多蟲！」

唐恪辛正坐在床上輕撫他的愛刀，聞言蹙眉。「我從不會暴殄天物，將食材放到壞掉。」

「不然呢？」陳霖指著剛剛被趕出去的一堆蟑螂，「屋裡有東西吸引蟲子，除了能從外面帶東西回來的你，還能有誰？」

唐恪辛一聲不吭地站起來，面無表情地走向陳霖，眼裡似乎藏著一絲冷意。

陳霖頭皮發麻，心想難道是說得太狠，得罪他了？就見對方伸出手，似乎要揍他的樣子。

咬緊牙，陳霖正想著是躲還是跑，卻見唐恪辛的手擦過他的耳畔，同時一個清冷的聲音在耳邊道：

「你說錯了，不只是吸引蟲子，還有這個。」

他從陳霖身後的牆角，抓出一條足有一米多長的蛇。

唐恪辛一手捏著七寸，一首按住蛇頭，這條威武的大蛇在他手裡，像是一條蚯蚓般無助。

唐恪辛笑了一下，看著還在緊張的陳霖。

「膽子這麼小。」

陳霖總算明白了，這人是故意嚇他的，不然捉一隻蛇，有必要露出這麼嚇人的表情嗎！

他不知道是該生氣好，還是該為唐恪辛沒有真的發怒而鬆一口氣好。

這時候，唐恪辛已經抓著這條蛇，開始考慮今天的晚飯了。

「要不要做蛇羹……嗯，這是什麼？」

唐恪辛見蛇腹中有一個突起，一鼓一鼓地還在竄動，他好奇心起，索性拿刀一把切開蛇腹，就發現了藏在蛇腹中的傢伙。

「老鼠？」陳霖湊過來道。

唐恪辛鄙夷地看了他一眼：「這是倉鼠，現在都是拿來當寵物養。牠的習性和一般人口中的老鼠不同。」說著，將團在地上裝死的倉鼠翻了個身，「你看，牠沒有尾巴，耳朵也不尖長，還有……」

唐恪辛看了眼還在裝死的倉鼠，突然伸出手去戳一下牠鼓鼓的頰囊，倉鼠立刻跳了起來，睜大眼睛迷茫地看著四周。

唐恪辛又戳了一下，倉鼠從嘴裡吐出一顆瓜子到他手裡。

「……」看了一會，唐恪辛說：「我想，我大概找到屋裡有蟲子的原因了。」

倉鼠有儲藏糧食的天性，牠們不僅會將食物藏在臉頰兩側，當食物很充足時，還會將食物藏在巢穴中。

唐恪辛和陳霖在屋裡翻了一會，果然在牆角找到一個小洞，破開一看，裡面滿滿都是兩人平時的食物殘渣。

「逮到犯人了。」唐恪辛將手中倉鼠遞給陳霖，「給你處決。」

陳霖為難地看著趴在手中的倉鼠，小小、軟軟的一團，不僅戳中了愛寵人士的心臟，連他這個不養寵物的人，都有些捨不得對牠下手。

小倉鼠似乎察覺到氣氛不對，哆哆嗦嗦地又從頰囊中吐出一顆花生——還是前天唐恪辛做菜剩下的。

陳霖有些哭笑不得，他用手去戳倉鼠的小臉。

「你究竟藏了多少東西，招來這麼多蛇蟲鼠蟻不說，還差點把自己的小命都賠掉了。」

被他這麼一戳，小倉鼠又從頰囊內吐出幾顆儲備糧食，哆哆嗦嗦地舉在小爪子裡，看起來還真有幾分「好漢饒命，好吃的都給你」的求饒意味。

陳霖真有點捨不得處決這隻小倉鼠了，說起來在地下世界長久不見活物，難得見到一個這麼可愛又有生氣的動物，他也心生憐惜。

等唐恪辛打掃結束，見他還蹲在原地捧著倉鼠面面相覷。

「捨不得就養著吧。」殺手大人說。

「養著？」

陳霖抬頭。

「就我現在的處境，哪還有閒情逸致養寵物？」

「寵物？」唐恪辛瞥了他一眼，「地下世界有充足食物的地方，除了食堂，就只有我這間屋子。食堂有專人滅鼠滅蟲，這裡沒有。牠能最快時間找到合適的生存地，又被天敵吞下這麼久還能生還，落到人類手中，還能憑藉自己的外形博取同情，獲取生機。你覺得這只是寵物？」

陳霖被他這麼一說，頓時啞然了。真是對不起，自己連一隻倉鼠都不如。

「雖然呆了一點，但是自然讓牠們進化成這個模樣，也是有道理的。」

唐恪辛看了陳霖一眼。

「弱者也是有弱者的生存之道。養著吧，又不浪費糧食，我看牠和你很投緣。」

投緣？

唐恪辛抓蛇走遠後，陳霖又盯著手中的小倉鼠。

繼金魚和烏龜後，這間屋子又要多一隻倉鼠了嗎？

陳霖看著手心裡軟軟暖暖的一團，終於妥協了。不過想起什麼，他很快又自言自語一般對倉鼠道。

「要在這裡生存，你得明白一件事。」

這個屋子裡，有兩個地方你是不能去的。一個是唐恪辛的聖地廚房，一個是養龜的那個水缸，一旦去了，肯定送命！

倉鼠當然聽不懂他的話，只是把吐在他手心的糧食又一一含回了頰囊。

陳霖看著牠這傻萌樣，嘆息道。

「真不知道你怎麼這麼好運。」

唐恪辛在背後聽見他說話，挑了挑長眉。陳霖能夠在地下世界站穩腳跟前就抱住A級大腿，並很快有了安身立命的根本。這個主人，比起他好運的寵物也不遑多讓啊。

他剛才的那些話，可不僅僅在說一隻倉鼠。

——番外〈陳霖的倉鼠〉完

高寶書版集團
gobooks.com.tw

輕世代 FW225

死而復生01

作　　者　YY的劣跡
繪　　者　生鮮P
編　　輯　林紓平
校　　對　林思妤
企　　劃　陳煒翰
美術編輯　邱筱婷
排　　版　彭立瑋

發 行 人　朱凱蕾
出　　版　三日月書版股份有限公司
Printed in Taiwan
地　　址　臺北市內湖區洲子街88號3樓
網　　址　www.gobooks.com.tw
電　　話　(02) 27992788
電　　郵　readers@gobooks.com.tw（讀者服務部）
傳　　真　出版部　(02) 27990909　行銷部 (02) 27993088
郵政劃撥　50404557
戶　　名　三日月書版股份有限公司
發　　行　英屬維京群島商高寶國際有限公司台灣分公司
Global Group Holdings, Ltd.
初版日期　2017年3月
五刷日期　2022年1月

國家圖書館出版品預行編目(CIP)資料

死而復生 / YY的劣跡著.-- 初版. -- 臺北市：三日月書版股份有限公司出版：英屬維京群島高寶國際有限公司臺灣分公司發行, 2017.03-
面；　公分. --

ISBN 978-986-361-376-3(第1冊：平裝)

857.7　　105024904

三日月書版

三日月書版

GOBOOKS & SITAK GROUP©

GOBOOKS & SITAK GROUP©